Nach seinem letzten Abenteuer will Ellermann nur noch seine Ruhe: Ohrensessel, ein Glas Bordeaux und ein bisschen Chopin. Aber dann steht Josephine in der Tür und hat eine »klitzekleine« Bitte. Und was das heißt, weiß ja wohl jeder. Aber wenn Ellermann Josephines Sommersprossen sieht und ihre bezaubernden Grübchen, dann kann er nicht Nein sagen. Auch wenn er weiß, dass »Dinge zuweilen klein anfangen, sogar klitzeklein, aber ganz anders enden können. Groß und unberechenbar«. Genauso kommt es dann auch: Ein Mops ist weg, eine ehemalige Klavierschülerin Ellermanns ist tot und ihre Diamanten liegen auch nicht mehr im Safe. Und irgendwie wird Ellermann das Gefühl nicht los, dass alles mal wieder bei ihm zusammenläuft.

Victor Thoma ist das Pseudonym eines bekannten deutschen Drehbuch- und Romanautors. Thoma, geboren 1964, lebt in München und Berlin.

Victor Thoma

Mops und Totschlag

Ellermann ermittelt

Berlin Verlag Taschenbuch

FSC
www.fsc.org
MIX
Papier aus verantwortungsvollen Quellen
FSC® C019821

Oktober 2014

Umschlaggestaltung: ZERO Werbeagentur, München
unter Verwendung zweier Motive
von © mauritius images/allOver und FinePic®, München
Typografie: Claudia Selpin, Berlin
Gesetzt aus der Stempel Garamond von Greiner & Reichel, Köln
Druck und Bindung: C. H. Beck, Nördlingen
Printed in Germany

ISBN 978-3-8333-0974-8

Ellermann auf der Spur

Was ist nur los mit Ellermann? Ich weiß, dass er in eine mysteriöse Geschichte hineingeraten ist. Gestern Abend hat er mir davon erzählt. Denn er schätzt meinen Rat, vertraut sich mir an. Auch wenn ich ihm als sein ehemaliger Therapeut nie bei seinen Problemen habe helfen können. Schon gar nicht bei seinem größten: Sein unberechenbares Lampenfieber hat bereits vor Jahren eine Pianistenkarriere verhindert, sodass er stattdessen seinen Lebensunterhalt mit Unterrichten verdienen muss.

Aber als ich ihn jetzt zufällig in der Stadt gesehen habe, ihm aus der Ferne zurief, reagierte er nicht. So, als hätte er mich nicht gehört. Ich bin über achtzig Jahre alt. Ich weiß, wenn etwas nicht stimmt. Und hier stimmt etwas nicht. Und ich will wissen, was. Darum habe ich beschlossen, ihm zu folgen.

Ellermann eilt in hohem Tempo die Straße hinunter, sodass ich große Mühe habe, ihm zu folgen. Ich will nicht bemerkt werden, auch wenn er sich im Gehen hin und wieder umdreht. Er biegt in eine kleine Seitenstraße ein, Richtung Bahnhof. Ich hinterher, um eine Hausecke herum. Dabei stoße ich mit einem anderen Mann zusammen. Mir fällt mein Gehstock auf den Boden, der andere verliert einen metallenen Gegenstand, der auf den Asphalt knallt. Als er ihn aufhebt, kann ich sehen, dass es sich um eine Waffe handelt. Der Mann steckt sie schnell ein, entschuldigt sich bei mir und eilt weiter. Ich blicke ihm verdattert hinterher, brauche ein paar Sekunden, um mich zu sammeln. Dann gehe ich, so schnell ich kann, weiter in die Richtung, in die Ellermann verschwunden ist. Ich kann ihn nirgends mehr entdecken, er muss im Bahnhofsgebäude sein.

In dem Menschengewirr aus Reisenden und Passanten finde ich ihn nicht, blicke mich suchend um. Unruhig gehe ich ein paar Schritte auf und ab, als ich ihn plötzlich wieder entdecke. Er steigt gerade in einen Zug, der quietschend anhält. Ich warte einen Moment, dann steige ich ebenfalls schnell ein, eine Tür weiter allerdings. Vorsichtig spähe ich den Gang hinunter. Zwei Kinder albern herum. Ihr lautes Spiel wird immer wieder von Ermahnungen der Mutter unterbrochen, die aus einem Abteil zu hören ist. Ohne Folgen. Ellermann muss hier irgendwo sein. Vorsichtig gehe ich Schritt für Schritt den Gang entlang, als ich ein Ruckeln spüre. Der Zug setzt sich langsam in Bewegung. Wir fahren ab. Ich schaue aus dem Fenster und da, auf dem Bahnsteig, da steht Ellermann. Er muss inzwischen wieder ausgestiegen sein. Ich stehe ganz dicht an der Scheibe und starre nach draußen. Hinter Ellermann wird nun in einiger Entfernung ein Mann sichtbar, schwarze Haare, Lederjacke. Es ist der Mann, mit dem ich gerade zusammengestoßen bin. Der Mann mit der Pistole. Ellermann dreht dem Unbekannten den Rücken zu. Ich möchte ihm etwas zurufen, aber er würde mich nicht hören. Heftig klopfe ich mit meinem Gehstock gegen die Scheibe, aber nur die beiden Kinder halten in ihrem Spiel inne und schauen mich erschrocken an. Die unverhoffte Stille lockt ihre Mutter aus dem Abteil, die mich vorwurfsvoll mustert, kopfschüttelnd.

Ellermann schaut nun, eher zufällig, dem abfahrenden Zug hinterher. Auf einmal zeigt sich blanke Überraschung in seinem Gesicht. Unsere Blicke treffen sich, er hat mich erkannt. Er schüttelt fragend den Kopf und bewegt die Lippen. Offenbar – so viel wird mir klar – ist er perplex, mich in dem Zug zu sehen. Wenn er wieder aus dem Zug gestiegen ist, um jemanden abzuschütteln, dann galt das nicht mir.

Der andere Mann beobachtet Ellermann weiterhin. Mir fallen seine dunkelroten Stiefel auf, vorne mit vielen Schlaufen verschnürt. Ich verliere beide aus dem Blick. Der Zug verlässt den Bahnhof. Ellermann hat mir von so einem Mann erzählt. Von einem Mann mit roten Stiefeln. Dieser Mann war Teil seiner Geschichte. Ellermanns Geschichte.

Ellermanns Geschichte

Eins

Von dem Honorar, das Ellermann beim letzten Mal von dem Banker Markowski bekommen hatte, war bald nicht mehr viel übrig. Nachdem er seine Haushälterin Martha und mich zu einem köstlichen Essen in das Restaurant »Götterspeise« eingeladen hatte, beglich er einige der dringendsten Schulden. Von dem Rest gönnte er sich eine besondere Anschaffung für sein Musikzimmer: einen großen Ohrensessel. Dunkelbraunes Leder, ergonomisch geformtes Rückenteil, verstellbare Fußstützen. Mit wunderbarer Musik von Chopin und Bruckner wollte er seine neue Errungenschaft einweihen. Zittrige Vorfreude, die ihn elektrisierte. Er hatte ein erwartungsvolles Summen auf den Lippen. Ein Glas Bordeaux stand auf dem nierenförmigen Couchtisch, die Flasche daneben, in Reichweite. Absolute Stille im Raum. Ellermann vermisste an dem Abend nicht mal das Knistern der guten alten Schallplatte.

Die Musik begann mit dem Paukenschlag einer dichten Akkordsequenz. Er schloss die Augen, führte das Glas genüsslich an seine Lippen. Der Wein schmeckte herrlich, noch ein kräftiger Schluck. Wunderbar. Aber dann: Ein falscher Ton zerstörte die Klangwelt. Es war ein Klingeln. Ellermann stockte, ein zweites Klingeln. Natürlich erkannte er es. Es klingelte an seiner Haustür. Doch er wollte es nicht hören. Er blieb einfach in dem Ohrensessel sitzen, stellte die Lautstärke mit der Fernbedienung noch einen Tick höher, und die einsetzenden Streicher erfüllten mit vollem Klang den Raum. Nichts könnte ihn stören, dachte er sich.

Kurz darauf wurde die Tür geöffnet. Martha kam herein, hinter ihr eine junge Frau: Josephine. Ellermann hatte Josephine erst vor kurzem kennengelernt. Sie war ihm zuerst aufgefallen, als sie das Grab seines verstorbenen Großvaters besucht hatte. Später hatten sie sich zufällig wieder getroffen und bei mehreren Treffen näher kennengelernt.

Die beiden mögen sich. Vielleicht auch mehr. Ellermann, leicht verliebt, sucht ihre Nähe. Er weiß andererseits sehr gut, dass sie zu verschieden sind. Es würde nicht gut gehen mit ihnen. So hat er nach dem letzten Treffen schweren Herzens beschlossen, Josephine lieber aus dem Weg zu gehen, sie nicht mehr anzurufen. Zumal, als er herausfand, dass sie früher für kurze Zeit die Geliebte seines Großvaters gewesen war. Er wusste schon immer, dass sein Großvater ein wahrer Lebemann gewesen war. Aber eine Geliebte mit mehreren Jahrzehnten Altersunterschied? Josephine mag gerade Mitte dreißig sein, noch etwas jünger als er. Vielleicht ist es gar nicht mal der Altersunterschied, der Ellermann so sehr stört, sondern vielmehr die Vorstellung, dass dieses wunderbare Geschöpf und sein Großvater ...?

Die Haushälterin Martha hat zu der Liaison zwischen ihrem Chef und Josephine, die ja eigentlich gar keine ist, ihre ganz eigene Meinung. Josephine ist nämlich nicht nur charmant, sondern scheint auch vermögend. Geld spielt bei ihr keine Rolle. Da solle Ellermann sich mal nicht so zieren, bei seinem hohen Schuldenstand. Aber auch wenn Ellermann seiner Haushälterin gegenüber in vielem nachgibt, so bleibt er in dem Punkt stur. Er hat sich zwar in Josephine verliebt, wenigstens ein bisschen, er begehrt sie, aber er hat andererseits Angst davor, was kommt, wenn aus ihnen wirklich ein Paar werden sollte. Ängste hat der Arme nun wahrlich schon genug in seinem Leben. Wenn das jemand weiß, dann ich, sein ehemaliger Therapeut. Und wie ich leider immer wieder zugeben muss, ist es mir nie gelungen, ihn auch nur von einer seiner Phobien zu erlösen. Sie sitzen so fest in ihm wie verrostete Schrauben in einem alten Schiffsrumpf.

Ellermann sah Martha und Josephine zunächst nicht, denn er kniff die Augen zusammen und stellte sich schlafend. Er wollte niemanden sehen. Ein kindisches Unterfangen. Martha überlegte nicht lange, griff sich die Fernbedienung der Anlage und drehte die Musik kurzerhand ganz aus. Ellermann öffnete die Augen. Er tat überrascht. Er sah Martha an, dann Josephine. Sie sah, sehr zu seinem Leidwesen, bezaubernd aus. Weiße Bluse, halb geöffnet. Enge Jeans. Er versuchte, nicht hinzusehen. Der Versuch misslang, und heraus kam ein Lächeln als Begrüßung.

»Oh, wir haben Besuch.«

»Nicht wir haben Besuch, sondern Sie«, entgegnete Martha trocken.

»Hallo. Tut mir leid, wenn ich störe«, sagte Josephine mit einem Lächeln, das nur im ersten Moment schüchtern wirkte. Ellermann stand auf und steckte sich das Hemd in die Hose, das etwas herausgerutscht war. Martha nahm die Rotweinflasche vom Tisch und warf einen Blick auf das Etikett, stirnrunzelnd, aber ohne einen weiteren Kommentar abgebend, um sich dann wieder Ellermann zuzuwenden.

»Josephine hat eine klitzekleine Bitte an Sie.«

Dieses »klitzeklein« in Verbindung mit »Bitte« verursachte bei Ellermann ein nervöses Zucken, weiß er doch, dass Dinge zuweilen klein anfangen, sogar klitzeklein, aber ganz anders enden können. Groß und unberechenbar. Er begrüßte Josephine, wie inzwischen bei ihnen üblich, mit Küsschen links und rechts auf die Wange. Sie blies ihm dabei zart über das Gesicht. Wie zufällig. Ellermann war von einer Sekunde auf die andere in ihren Bann gezogen. Leicht schwummrig fühlte er sich, fasste sie an beiden Händen. Er liebt es, sie anzusehen. Ihre kurzen blonden Haare, die zarten Sommersprossen, die hellen Augen. Josphine ist definitiv für Ellermann vom Äußerlichen her eine Traumfrau. Andererseits ist sie von ihrem Typ her nicht die, die er sucht. Sie ist leicht überdreht, redet manchmal einen Takt zu viel, gibt sich dabei aber gleichzeitig naiv. Ich kenne sie nicht sehr gut, aber so viel ist mir klar. Man weiß nie, wie viel von dieser Naivität bei ihr gespielt ist und wie viel Berechnung. Auch Ellermann weiß das nicht. Bei Josephine fühlt er sich bisweilen wie eine Nussschale auf einem wilden Ozean mit hohen Wellen.

Die beiden standen für einen Moment stumm voreinander, bis sie sich räusperte und kurz durchatmete. Bezaubernde Grübchen links und rechts.

»Bitte hilf mir.«

Ellermann bot ihr einen Platz an. Sie setzte sich auf einen der beiden Sessel, die er seinerzeit auf einem Flohmarkt erstanden und neu hatte beziehen lassen. Sie schlug ihre langen Beine übereinander. Er konnte, auch wenn er wollte, den Blick nicht von diesen Beinen lassen. Er hatte zwar seine Hilfe noch gar nicht angeboten, aber das spielte bei der geballten Kraft von Frauen wie Martha und Josephine keine Rolle. Seine Haushälterin verabschiedete sich und ging in die Küche, um etwas Minztee aufzusetzen. Dass sie freiwillig den Raum verließ, machte Ellermann klar, dass sie offenbar schon wusste, worum es ging. Dass sie auch die Flasche Bordeaux mitnahm, sollte ihm klarmachen, dass der musikalische und entspannende Teil des Abends endgültig für ihn beendet war.

Ellermann wandte sich an Josephine, fuhr sich leicht hektisch durch das Haar.

»Was ist denn passiert? Wie kann ich dir helfen?«

»Lotto ist weg.«

»Und bitte wer ist Lotto?«

»Es ist so furchtbar.«

»Aha … aber wer ist denn Lotto?«

Sie blickte ihn etwas überrascht an, schüttelte dann über sich selbst verwundert den Kopf.

»Natürlich, das kannst du nicht wissen, woher solltest du das auch wissen?«

Er blickte sie weiter fragend an, erst dann fuhr sie fort.

»Lotto ist ein kleiner Hund. Ein kleiner Hund, verstehst du?«

»Du hast einen kleinen Hund? Das wusste ich gar nicht.«

»Das macht die Sache irgendwie noch schlimmer. Lotto gehört gar nicht mir. Er gehört einem Freund von mir. Es ist so schrecklich, dass er mir weggelaufen ist.«

Josephine spitzte den Mund, blies etwas Luft durch die Lippen nach oben in die Leere des Raumes. Ellermann folgte mit seinem Blick dem unsichtbaren Luftstrom, blieb dann an ihren Lippen hängen. Er schluckte.

»Und jetzt?«

»Wir müssen ihn suchen. Und finden. Hilfst du mir dabei? Bitte, du musst mir helfen.«

Ellermann interessierte erst mal etwas anderes.

»Wem bitte gehört denn … Lotto?«

»Wie gesagt – einem Freund von mir. Ich weiß auch nicht, wie mir das passieren konnte.«

Josephines Augen glänzten bettelnd, sie sah Ellermann an, als wäre sie selber ein Hund, der gerade durch einen Reifen gesprungen war und nun sehnsüchtig auf seine Belohnung wartete. Aber Ellermann horchte auf, als Josephine erwähnte, dass der Hund einem Freund gehörte. Was für einem Freund?, dachte er sich.

»Was für einem Freund?,« fragte er.

»Robert von Gruhnau, dem Kunstmaler.«

»Du kennst Robert von Gruhnau?«

»Ja, schon seit einiger Zeit. Wir haben uns zufällig auf mehreren Ausstellungen und Vernissagen getroffen. Und dann ... na ja ... wir kennen uns eben.«

»Wie ›kennen‹?«

Ellermann zuckte zusammen und sein ganzer Körper vibrierte leicht. Er, der sich gerade noch geschworen hatte, Abstand von Josephine zu halten, der nichts mehr von ihr wissen wollte, war plötzlich voll von Eifersucht. Er hatte diesen Herrn von Gruhnau noch nie persönlich getroffen, aber natürlich war ihm der Maler ein Begriff. Meist edel und teuer in maßgeschneiderte Anzüge gekleidet, ist er einerseits ein geschätzter Künstler der Stadt, andererseits auch ein Vermarktungskünstler, der selten eine Gelegenheit auslässt, sich seinen Mitmenschen und den Medien zu präsentieren. Der Mann liebt den großen Auftritt, perfekt gestylt, immer den einen Klunker mehr an der Hand, die ausladende Geste, das mächtige Wort auf den Lippen. Ein stolzer Pfau, mit Talent, aber eben auch ein Pfau.

Ellermanns Blick glitt über das zarte Antlitz von Josephine, die für einen Moment nachdenklich im Raum umherblickte. Sie spürte, dass er sie anschaute. Und er dachte nach. Wie stand sie zu Gruhnau? War ihre Beziehung enger? Wie eng? Natürlich musste Ellermann unwillkürlich an seinen Großvater und dessen Affäre mit Josephine denken. Einerseits schauderte es ihm bei dem Gedanken, dass Josephine und auch Gruhnau … andererseits begehrte er sie in diesem Moment umso mehr.

»Seit wann ist der Hund verschwunden?«

»Seit ein paar Stunden. Er ist mir durch die Haustür entwischt. Wenn ich mir vorstelle … wie konnte ich nur … das hätte mir nicht passieren dürfen …!«

Ellermann merkte, dass Josphine völlig durch den Wind war, sich öfter verhaspelte und wiederholte. Auch das machte sie für ihn aber nur noch begehrenswerter. Er spürte ihre Hilflosigkeit und versuchte, sich selber ruhig und besonnen zu geben.

»Also, es war bei dir zu Hause?«

»Ja. Aber da ist er nicht mehr. Ich hätte besser auf ihn aufpassen sollen. Weißt du, wie schnell so ein kleiner Hund sein kann? Er hat so kurze Beinchen, aber so schnell …«

Martha hatte die Tür angelehnt gelassen. Aus der Ferne, wohl aus der Küche, hörte man plötzlich ein lautes Geräusch. Ein schepperndes Geräusch. Josephine erschrak und wollte aufspringen.

»Bleib sitzen, ich seh schnell nach, was los ist.«

Ellermann eilte in die Küche. Martha stand neben der Spüle, einen Topfdeckel in der Hand, den passenden Topf und einige weitere Töpfe sowie eine gusseiserne Pfanne daneben auf der Abstellfläche. Ellermann verstand nicht sofort, was passiert war, während sie zu sprechen begann.

»Und wie sieht es aus? Was wollen Sie unternehmen? Haben Sie schon eine Idee? Es ist ja wohl keine Frage, dass wir dem armen Mädchen sofort helfen müssen.«

Ellermann runzelte die Stirn. Sein Unterkiefer neigte sich ganz langsam nach unten. Er japste nach Luft. Nun hatte er verstanden, was los war.

»Sie ... Sie haben den Lärm mit dem Zeug hier nur veranstaltet, damit ich zu Ihnen in die Küche komme. Das gibt's doch nicht.«

Martha räumte ungerührt den Topf samt Deckel in den Schrank. Sie wischte mit den Händen über ihre Schürze.

»Also – haben Sie schon eine Idee, wo Sie suchen wollen?«

Ellermann wollte etwas darauf antworten, aber rang noch nach den passenden Worten. Martha baute sich vor ihm auf. Die Arme in die Hüfte gestemmt.

»Sie wissen, dass ich Sie wirklich gern mag, Ellermann. Ich arbeite auch gerne hier. Für Sie. Aber ... ich bitte Sie um eins: Vermasseln Sie es nicht.«

»Wie bitte? Vermasseln Sie es nicht?«

»Da bittet Sie diese Frau um einen Gefallen, und Sie müssen noch nachdenken, ob Sie ihr helfen. Das kann doch nicht wahr sein.«

Sie lächelte ihn an, und Ellermann war klar, dass er ihr Chef sein mochte, aber sie meist das Sagen hatte. Er kommt einfach schwer gegen sie an. Und dabei spielen seine Schulden, die er bei ihr hat, noch nicht mal eine Rolle.

»Aber warum kommt Josephine gerade zu mir?«

»Vielleicht weil sie Sie mag. Vielleicht weil sie niemand anderen hat, den sie um Hilfe bitten kann. Vielleicht auch, weil Sie so ein toller Mann sind.«

Ellermann war geschmeichelt. Der Versuch, das zu vertuschen, scheiterte kläglich.

»Sie wollen mich um den Finger wickeln, Martha!«

»Nein, ich finde Sie wirklich ganz wunderbar. Abgesehen davon, dass Sie manchmal einen kleinen Anschub benötigen. Ich weiß gar nicht, was Sie sich so anstellen. Es geht doch nur darum, einen kleinen Hund zu suchen. Einen Mops.«

»Lotto ist ein Mops? Das wusste ich nicht.«

»Spielt das eine Rolle, was für ein Hund es ist?«

»Nein … eher nicht.«

»Eben.«

»Sie wussten aber natürlich, dass es sich um einen Mops handelt?«

»Klar. Und soviel ich gehört habe, handelt es sich bei ihm um ein ganz besonderes Tier.«

»Was kann an einem Mops besonders sein?«

»Ich bitte Sie. Möpse sind ganz wunderbare Hunde, und wenn einer von ihnen nochmals herausragt, dann ist er eben besonders.«

»Was kann er denn? Übers Wasser gehen?«

Martha winkte ab.

»Ich weiß gar nicht, warum ich mich mit Ihnen auf so eine Diskussion einlasse. Darum geht es doch gar nicht. Tatsache ist, dass er verschwunden ist …«

»… und wir ihn wiederfinden sollen.«

»Sehr gut, Ellermann.«

Er nickte, eher aus Fatalismus denn aus Begeisterung. Sein Großvater kam ihm in den Sinn.

»Wussten Sie, Martha, dass mein Großvater früher auch mal einen Mops hatte? Einen weißen mit schwarzen, kleinen Flecken.«

»Nein.«

»Ist auch schon länger her.«

»Aber sehen Sie. Wenn das mal kein Zeichen ist. Sie müssen Josephine helfen!«

Martha lachte laut, Ellermann hätte sich selbst ohrfeigen können, den Hund seines Großvaters überhaupt erwähnt zu haben. Damit hatte er ihr erst recht ein Argument an die Hand gegeben.

»Also noch mal – haben Sie schon eine Idee, wo Sie suchen könnten?«

Ellermann fühlte sich wie ein altersmüder Hirsch am Ende einer Treibjagd. Er würde nach diesem Mops suchen. Sein Konzertabend im neuen Sessel war damit beendet.

»Der Hund gehört diesem Kunstmaler von Gruhnau. Sie hat Lotto gerade als Urlaubsvertretung bei sich. Wenn er Josephine entlaufen ist, dann ist er vielleicht direkt nach Hause gerannt.«

»Zu Gruhnau nach Hause?«

»Ja.«

»Gute Idee. Zumal das wohl gar nicht so weit entfernt ist. Sie sollten dort mit Ihrer Suche beginnen.«

Martha klopfte ihrem Chef zärtlich gegen den Bauch, der immer ein kleines bisschen hervortritt, was auch an ihrer ausgezeichneten Kochkunst liegt.

»Ich bin stolz auf Sie. Und Sie werden sehen, die Sache hat sich ruck, zuck erledigt.«

Ellermanns – wie gesagt – nicht wirklich kleiner

Bauch verhieß ihm leider etwas anderes. »Ruck, zuck« hat für ihn einen ähnlich fatalen Klang wie »klitzeklein«. Es sind nur Worte, um jemandem Sand in die Augen zu streuen.

Zwei

Keine zehn Minuten später waren Ellermann und Josephine auf dem Weg zu Gruhnaus Anwesen, das etwas außerhalb der Stadt im Grünen liegt. Der Kunstmaler hat sich dort vor einigen Jahren eine alte, aufgelassene Fabrik gekauft, aber die Gebäude erst teilweise wieder renoviert. An einem Ort, an dem früher einmal in großen Mengen Senf hergestellt wurde, war nun die Kunst eingezogen. Gruhnau ist als Maler anerkannt, auch wenn seine Werke bei Weitem nicht den Preis erzielen wie die anderer Maler der Gegenwart. Er wechselte und wechselt mit der Zeit auch seinen Stil. Seit einigen Jahren hat er sich wieder meist dem Konkreten verschrieben.

Josephine hatte trotz der Kühle der Nacht die Seitenfenster von Ellermanns Wagen geöffnet, sodass der Wind durch das Wageninnere blies. Sie neigte den Kopf zur Seite, etwas zum Fenster hinaus und ihr geblümtes Kopftuch flatterte im Wind. Während der Fahrt sprachen die beiden kein Wort. Ellermann fror. Seine Hände umklammerten zitternd das Lenkrad, aber er wollte nichts sagen, denn Josephine schien die Frische des Windes mit vollem Herzen zu genießen. Trotz ihrer Sorge um den Hund. So biss sich Ellermann lieber auf die blaue Unterlippe und riskierte bisweilen einen

Blick zu ihr hinüber. Natürlich spürte auch Josephine, dass Ellermann sie mit Blicken fast wie ein Teenager berührte, aber sie gab das nicht zu erkennen.

Gruhnaus Anwesen lag ein Stück von der Hauptstraße weg, am Ende einer kleinen Sackgasse, die nächsten Häuser waren einige Hundert Meter entfernt. Das Anwesen war von einer etwa vier Meter hohen Mauer umgeben, die Gruhnau selbst in Auftrag gegeben hatte. Neben dem sternenklaren Himmel erwartete sie eine ländliche Stille. Nichts war zu hören. Sie blickten sich fragend an.

»Und jetzt? Was machen wir jetzt? Wie und wo sollen wir anfangen?«

Ellermann hatte auf Josephines Frage auch keine rechte Antwort, im Grunde genommen nur ein Schulterzucken. Er schaute sich um. Plötzlich hörte man ein leises Winseln. Josephine strahlte Ellermann an.

»Hörst du das? Hast du das auch gehört?«

»Klar, das hört sich nach einem Hund an, der winselt.«

»Das ist ein Hund. Das ist Lotto.«

»Du erkennst ihn an seinem Winseln?«

»Nein ... aber, was für ein Hund soll es sonst sein? Das muss er sein.«

Ein Lächeln zeigte sich. Sie strahlte über das ganze Gesicht, und auch Ellermann spürte, wie eine Erleichterung seinen Körper erfasste. Josephine rief in die Nacht hinaus.

»Lotto! Lotto!«

Als Antwort meldete sich der Hund. Seine Mischung aus Bellen, Winseln und Jaulen schien direkt von der anderen Seite der Mauer zu kommen. Josephine rief ihn nochmals.

»Lotto, komm her. Leckerlis! Es gibt Leckerlis!«

Auf das Zauberwort »Leckerlis« bellte der Hund lauter, aber er kam nicht zu ihnen, fand wohl keinen Weg nach draußen. Ein ratloser Blick der beiden.

»Er ist da drin, aber er kommt nicht raus.«

»Vielleicht mag er keine Leckerlis.«

»Unsinn, alle Hunde mögen so etwas.«

Sie formte ihre Hände zu einem Trichter.

»Lotto, hierher. Hörst du, komm hierher!«

Aber Lotto kam nicht, und Ellermann hatte das eindeutige Gefühl, dass es so keinen Sinn machte.

»Wo ist Gruhnau eigentlich? Und wann kommt er wieder?«

»Ich glaube, in Italien. Er wollte etwa eine Woche wegbleiben. Vorgestern ist er abgereist. Ich habe ihn selber zum Flughafen gebracht.«

Lotto meldete sich. Mehr so ein quietschendes Bellen und gleichzeitiges Schnaufen. Josephine deutete in Richtung des geschlossenen Tores aus rostigem Stahl.

»Wir müssen Lotto da rausholen.«

Ellermann horchte voller Hoffnung auf und ging Richtung Eingangstor.

»Ach, du hast einen Schlüssel?«

»Nein, warum auch? Ich komme ja nur her, wenn Gruhnau da ist. Ich habe keinen Schlüssel!«

Die in Ellermann aufkeimende Hoffnung brach unvermittelt zusammen. Er schaute unwillkürlich zu dem geschlossenen Tor.

»Und wie bitte sollen wir ihn dann da rausholen?«

»Wir müssen über die Mauer.«

»Ich werde auf keinen Fall hier einbrechen.«

»Was heißt schon einbrechen?! Wir müssen nur kurz rein, Lotto rausholen … und weg sind wir.«

Ihre Wimpern klimperten. Ellermann strich sich mit einer Hand durch die Haare.

»Nein, wir werden da nicht einbrechen. Ich habe da meine Erfahrungen.«

»Du bist schon mal irgendwo eingebrochen?«

»Nein.«

Das war gelogen. Ellermann musste in dem Moment daran zurückdenken, wie er in das Nachbarhaus der alten Dame Sophia eingebrochen war. Das war ihm damals gar nicht gut bekommen, hatte er doch eine Nacht im Regen verbracht, auf dem Hausdach, festgeklammert an eine Satellitenschüssel. So etwas sollte ihm nicht noch mal passieren.

»Aber deine Haushälterin hat mir gegenüber mal so etwas angedeutet.«

»Was hat sie angedeutet?«

»Dass du wo eingebrochen bist.«

Ellermann stutzte einen Augenblick, und auch wenn er Martha wirklich mochte, so legte er in Gedanken seine Hände um ihren Hals.

»Es stimmt also …!«

Ellermann wollte seine – wie er fand – kleine Lüge von zuvor nicht aufrechterhalten.

»Na ja, genau genommen war das … nicht direkt ein Einbruch. Das hat mit der Situation hier nichts zu tun.«

»Du willst mir nicht helfen? Warum nicht?«

»Natürlich helfe ich dir. Deswegen sind wir ja auch hier.«

Wie auf Kommando meldete sich hinter der Mauer wieder der Hund. Josephine ging zum Tor und rüttelte fest daran. Das Eisen ächzte. Sie konnten Lotto hören, aber hinter dem hohen metallenen Tor nicht sehen. In Ellermanns Schläfen pochte es, er blickte sich hektisch um, ob sie beobachtet wurden. Zwar lag das Anwesen ziemlich abseits der anderen Häuser, aber wer wusste schon, ob nicht doch jemand noch unterwegs war. Ein abendlicher Spaziergang eines Rentnerpaares zum Beispiel. Josephine sah ihn flehend an.

»Weißt du, was da drinnen los ist? Vielleicht steckt Lotto irgendwo fest und erstickt langsam. Willst du das? Mein Gott, wenn ich nur daran denke, dass er keine Luft mehr bekommt.«

Wie aufs Stichwort ertönte ein sehr kräftiges Bellen des Hundes.

»Das klingt nicht so, als würde er keine Luft mehr bekommen.«

»Das ist ein letztes verzweifeltes Aufbäumen!«

»Josphine, bitte!«

»Kannst du das etwa ausschließen?«

Ellermanns Kopf neigte sich ganz langsam nach vorne, zu einem großen Nicken. Er war geschlagen. Sie würden jetzt versuchen müssen, irgendwie auf das Gelände hinter der großen Mauer zu kommen, um den Hund herauszuholen. Dann, so dachte Ellermann, wäre der Mops gerettet und Josephine wieder beruhigt und glücklich. Er blickte sich um und entdeckte eine dicke Eiche, die außen dicht an der Mauer stand.

»Okay, wir holen Lotto da raus!«

Josephine küsste ihn zärtlich auf die Wange, ihre Lippen streiften seinen Mund.

»Du bist mein Held!«

Wenige Minuten später stiegen Ellermann und Josephine über die Eiche auf das Dach eines der Gebäude des Gruhnau'schen Anwesens. Es war ein altes Ziegelgebäude, dessen Dach Gruhnau teilweise durch eine Glaskuppel hatte ersetzen lassen, offenbar, um mehr Licht von oben zum Malen zu haben. *Licht ist der Schlüssel der Malerei*, so lautet das Credo des Meisters. Vorsichtig gingen die beiden Schritt für Schritt vorwärts. Rings um sie fast völlige Dunkelheit, wenn man von dem schwachen Licht des Viertelmondes und zwei gelblich strahlenden Laternen an der Einfahrt absah. Ellermann musste sich konzentrieren. Seine Höhenangst meldete sich und erzeugte eine leichte Übelkeit. Er hustete etwas, um sich abzulenken. Josephine bemerkte seine Nervosität und wollte ihn an der Hand nehmen. Er entzog sich ihr. Was würde denn das für einen Eindruck machen? Er wollte nicht an der Hand genommen werden, jedenfalls nicht in diesem Augenblick.

Hintereinander schlichen die beiden weiter auf den Dachziegeln entlang, knapp an der Glaskuppel vorbei. Ellermann deutete mit dem Kopf zum Ende des Daches vor ihnen, noch einige Meter entfernt.

»Da vorne ist eine Feuerleiter. Da können wir gut runtersteigen.«

Josephine zeigte mit einem Daumen nach oben. In dem Augenblick ging unter ihnen ein helles Licht an. Die Glaskuppel erstrahlte. Ellermann riss es herum. Er kam leicht ins Straucheln. Im letzten Augenblick konnte er sich mit beiden Händen an einem Eisenhaken festhalten, der an einem Kamin befestigt war.

»Josephine! Was ist das denn?«

»Das Atelierlicht. Gruhnau liebt es, bei hellem Licht zu malen.«

Sie blieb erstaunlich ruhig, während in Ellermann zwei Kräfte miteinander kämpften. Einerseits war er neugierig, wollte unbedingt durch das Glasdach nach unten in den Atelierraum schauen, andererseits scheute er die Höhe. Aber noch viel schlimmer war der Gedanke, der plötzlich in ihm auftauchte: Wer hatte denn gerade das Licht angemacht? Gruhnau selbst? War er vielleicht gar nicht auf Reisen?

»Da ist doch jemand. Wer?«

»Unsinn. Da ist niemand. Ich kann niemanden sehen.«

»Und wer hat dann bitte das Licht angemacht?«

»Eine Zeitschaltuhr. Ich weiß, dass Gruhnau verschiedene Lichter in allen möglichen Räumen an eine Zeitschaltuhr gekoppelt hat. Diese Uhr schaltet diese dann in unregelmäßigem Rhythmus ein und aus. So soll vorgetäuscht werden, dass jemand zu Hause ist. Verstehst du? Das ist gegen Einbrecher.«

»Klar, verstehe ich, aber warum sagst du mir das erst jetzt?«

»Ich hatte nicht daran gedacht. … Schlimm?«

»Nein, schon gut.«

»Hast du dich erschreckt?«

»Natürlich nicht.«

»Ich dachte schon, du wolltest den Kamin rausreißen.«

»So ein Unsinn! Das war nur ein Test. Aber das Ding hält.«

Ellermann rieb sich die Nase, schüttelte den Kopf und konnte sich ein kleines Lächeln über sich selbst nicht verkneifen.

Von unten hörte man ein Fiepen und Bellen. Ellermann und Josephine schauten hinunter. Auf dem Rasen saß – im Dunkeln nur schwer auszumachen – ein Mops. Schnaufend. Es war Lotto. Er blickte zu den beiden seltsamen Gestalten auf dem Dach hinauf. Er hechelte freudig. Josephine war erleichtert und griff nach Ellermanns Hand. Dieses Mal ließ er sie gewähren.

»Schau mal, ist das nicht toll. Da ist er.«

»Der Mops«, entgegnete Ellermann trocken.

»Gruhnau liebt Möpse. Ohne einen Mops will er nicht leben, hat er immer wieder gesagt. Gott sei Dank ist er da. Das war so eine tolle Idee von dir, dass wir hier suchen. Danke!«

Ellermann war gerührt. Sie ließ seine Hand wieder los, drehte sich um zu Lotto in der Dunkelheit auf dem Rasen.

»Lotto, da bist du ja. Da bist du ja …«

Ellermann blickte skeptisch und missmutig zu dem Hund, schließlich hatte das Tier ihm den ganzen Schlamassel mit dem Einbruch und dem Ausflug auf das Dach überhaupt erst eingebrockt. Aber nun schien alles gut zu werden. Langsam schlich er weiter zu der

Leiter, Josephine folgte ihm. Da wurde Ellermann von etwas abgelenkt. Es war etwas, das Lotto vor sich auf dem Rasen liegen hatte. Es sah aus wie ein kleines Säckchen. Das interessierte Ellermann.

»Schau mal! Was hat er denn da?«

»Keine Ahnung. Der Kleine liebt graben, apportieren, Stöckchen holen, jagen, sich verstecken. Alles, was mit Spielen zu tun hat. Lotto ist erst drei.«

»Ist das denn typisch für einen Mops?«

»Ich weiß nicht. Lotto ist jedenfalls so.«

»Na, wunderbar.«

Das klang ironisch und war auch so gemeint. Ellermann hatte eine ungute Vorahnung, zumal der Mops gerade in dem Augenblick, als sie weitergingen, das Säckchen wieder aufnahm, wegrannte und im dunklen Nichts verschwand. Josephine rief in die Nacht.

»Lotto, bleib hier!«

Lotto blieb nicht, man hörte ihn aber aus der Ferne bellen und andere seltsame Geräusche von sich geben. Er schnaufte. Ellermann setzte ganz vorsichtig einen Fuß vor den anderen, immer darauf bedacht, auf den schlüpfrigen Ziegeln nicht auszurutschen. Doch da blieb er mit der Spitze seines Halbschuhs zwischen zwei Ziegeln hängen. Bei dem anschließenden Befreiungsversuch mit Rütteln und Ziehen löste sich ein Ziegel, fiel vom Dach und landete krachend auf dem Boden.

»Mist!«

»Die Dächer von dem Anwesen müssen alle mal ausgebessert und erneuert werden. Da sind einige Ziegel ziemlich locker.«

»Und warum macht er es dann nicht?«

»Was weiß ich. Er wollte es schon länger in Angriff nehmen.«

Ellermann hatte die erste Sprosse der Feuerleiter erreicht. Beim Runterklettern war er vor allem darauf bedacht, seine Hände vor Schaden zu bewahren. Denn auch wenn ihm aufgrund seines Lampenfiebers die Karriere eines berühmten Interpreten verwehrt geblieben war, so liebte er doch das Klavier. Ganz abgesehen davon, dass er auch weiterhin seinen Lebensunterhalt zum großen Teil durch Klavierunterricht bestritt.

Auf dem Boden angekommen, wagte Ellermann erst einmal richtig durchzuatmen. Er riskierte einen Blick zurück hinauf zum Dach und dann auch einen weiteren in das Atelier Gruhnaus, das immer noch hell erleuchtet war. Ellermann, selber Musiker und Künstler, schätzte Ordnung und Ordentlichkeit, aber in Gruhnaus Atelier hatte sich das erwartete Chaos eingerichtet. Neben leeren und halb vollen Weinflaschen konnte Ellermann herumliegende Kleiderstücke erspähen und auch jede Menge Farbbeutel und Eimer. Leinwände standen oder hingen herum. Und dann gab es noch etwas, was Ellermann sofort ins Auge stach. Auf einem Hocker im Atelier thronte ein kleiner Mops aus Porzellan und auf einer Kaffeetasse erspähte Ellermann einen weiteren Mops. Josephine hatte recht gehabt: Gruhnau hatte eine starke Vorliebe für diese Hunde. Auch ein gemaltes Bild von einem Mops hing an einer Seitenwand.

Eine andere Leinwand, ein anderes Bild. Es war, so weit Ellermann sehen konnte, fast vollendet und zeigte eine junge Frau von hinten, sitzend auf einem Sessel, die Beine lässig über die Seitenlehne gelegt. Sie war schön. Ellermanns Blicke glitten langsam über ihren nackten Körper und blieben dann an den kurzen blonden Haaren hängen. Er stutzte, neigte den Kopf, versuchte, es aus einer anderen Perspektive zu betrachten. Natürlich ein aussichtsloses Unterfangen. Aber je intensiver sein Blick wurde, umso sicherer war er sich. Das auf dem Bild hier vor ihm war Josephine, die dem Maler nackt Modell gesessen hatte. Er konnte den Blick nicht von ihr, von ihrem Abbild, lassen, gleichzeitig stieg in ihm wieder die Frage auf, wie denn Josephine zu Gruhnau stand. War sie seine Geliebte? Er trat ganz nah an die große Fensterscheibe des Ateliers, drückte die Nase dagegen. Auf der einen Seite ihrer Hüfte konnte er ein kleines Tattoo entdecken. Ein Auge mit langen Wimpern und großer Iris. Wenn Ellermann sich recht erinnerte, signierte Gruhnau seine Werke öfter mit so einem Zeichen. Aber was war das auf dem Rücken von Josephine? Die Signatur? Oder hatte sie sich dieses Tatoo stechen lassen? Etwas entfernt war plötzlich ihre Stimme zu hören und riss ihn für einen Moment aus seinen Gedanken.

»Lotto! Komm her! Jetzt komm schon, sei brav!«

Ellermann beachtete die lebendige Josephine nicht weiter, sondern schaute zu dem Bild, bis auf einmal das Licht in dem Atelier erlosch und er losgelöst von seinen Gedanken in der dämmrigen Finsternis stand.

Es brauchte eine Weile, bis sich seine Augen an die Dunkelheit gewöhnt hatten. Was dann kam, war ein wildes Hin und Her zwischen Lotto und seinen beiden Verfolgern. Aber was auch immer Ellermann und Josephine anstellten, Lotto war schneller. Der Mops genoss es, sie immer ganz nah herankommen zu lassen, um dann im letzten Augenblick das Säckchen aufzunehmen und wegzurennen. Jede misslungene Aktion ließ in Ellermann mehr und mehr die Wut hochsteigen, während Josephine zunächst noch Spaß am Spiel mit dem Tier zu haben schien. Er hingegen schlidderte über den Rasen, bemerkte, wie seine handgenähten Lederschuhe – ein Relikt aus finanziell besseren Zeiten – immer schmutziger wurden. Einmal rutschte er auch mit einem Bein weg und konnte – auf dem anderen Bein balancierend – erst im letzten Augenblick einen Sturz verhindern. Josephine musste herzlich lachen, Ellermann machte mit, schließlich wollte er nicht als Spielverderber dastehen. Jedoch war sein Wille zur guten Laune endgültig verflogen, als er in eine kleine Grube trat, die jemand im Rasen gegraben hatte. Nicht groß, nicht tief, aber offenbar frisch gegraben und tief genug, dass man darin richtig umknicken konnte.

»Es reicht, so werden wir das Mistvieh nie einfangen.«

»Lotto ist kein Mistvieh!«

»Entschuldigung. Aber kriegen werden wir ihn nicht.«

So als hätte er den Dialog verfolgt, schaute Lotto ein letztes Mal zwischen den beiden Menschen hin und her.

Ellermann glaubte, ein Grinsen im Gesicht des Mopses entdecken zu können. Dann entschwand dieser durch ein kleines Loch in der Mauer, das zuvor noch keinem aufgefallen war, Richtung Straße. Ellermann und Josephine schauten sich verdutzt an. Auch bei ihr war nun der Spaß verflogen.

»Verdammt! Lotto, bleib hier! Was macht denn der da?«

»Ich würde sagen, der haut ab.«

»Aber das kann er doch nicht machen.«

Ellermanns Schulterzucken war die einzige Antwort, die ihm darauf einfiel. Er schickte einen reichlich genervten Blick gen schwarzen Himmel, als plötzlich ein Schock durch seine Glieder fuhr. Er wollte etwas sagen, brachte aber erst mal keinen Ton heraus. Stattdessen zog er Josephine vorsichtig am Arm und deutete nach vorn. Beide sahen, dass in dem dunklen Hauptgebäude des Anwesens ein schmaler Lichtschein, ein Kegel, hinter einem Fenster hin und her wanderte. Josephines Augen wurden weit. Ellermann flüsterte.

»Ein Einbrecher.«

»Wie wir.«

»Wir sollten sehen, dass wir so schnell wie möglich wegkommen. Dieser Einbrecher ist sicher nicht so friedlich wie wir.«

Sie nickte. Gleichzeitig rührten sie sich beide nicht von der Stelle, sondern schauten gebannt zu dem Lichtkegel, der sich langsam weiterbewegte und dann hinter einem anderen Fenster auftauchte. Während Ellermann noch immer im Bann des seltsamen Lichtscheins war, rannte Josephine los. So schnell, dass Ellermann gar nicht merkte, wohin sie verschwand. Er krächzte hinter ihr her.

»Josephine? Was soll das? Wo willst du hin?«

Doch sie blieb ihm eine Antwort schuldig, und missmutig musste sich Ellermann eingestehen, dass sie ihn wohl im Stich gelassen hatte. Oder wollte sie etwa nachsehen, was sich hinter der unheimlichen Lichtquelle verbarg? Das wäre nun wirklich höchst unvorsichtig. Ellermann überlegte, ob er ihr folgen sollte, aber er zauderte und verharrte an einer Stelle. Der Lichtschein wanderte umher und kam näher. Er wollte auf keinen Fall entdeckt werden, also beschloss er, sich direkt neben der Tür an die Hauswand zu drücken. Eng gegen die Ziegelwand gepresst, hielt er den Atem an. Die Tür öffnete sich, und er glaubte so etwas wie einen Schatten erkennen zu können. Er war sich nicht sicher. In dem Augenblick traf ihn etwas am Kopf und er sank zu Boden.

Drei

In der Nacht war Ellermann immer wieder aufgewacht, aber auch genauso schnell wieder eingeschlafen. Auch damit er das Brummen in seinem Schädel nicht mehr spürte. Der Schlag hatte eine leichte Nachwirkung bis in die Morgendämmerung – Ellermann hätte die Vögel vor seinem Fenster am liebsten eigenhändig zum Schweigen gebracht. Und nach dem Aufwachen kam eine noch schlimmere Phase für den Armen. Er konnte sich einfach nicht mehr genau daran erinnern, was passiert war. Das ärgerte ihn. Sehr sogar. Was ihm jedenfalls vom nächtlichen Ausflug geblieben war, war eine kleine Beule am Hinterkopf.

Martha versorgte ihn, so gut sie konnte. Es gab Eisbeutel für den Kopf, Hühnerbrühe für den Magen und viele aufbauende Worte für die Seele. Ellermann tat dieser Zuspruch gut, und vielleicht blieb er deswegen auch ein kleines bisschen länger im Bett liegen als unbedingt nötig. Er wollte die Situation, dass sich Martha so rührend um ihn kümmerte, etwas ausnutzen. Das war nämlich nicht immer so. Martha wiederum durchschaute ihren Chef, ließ sich aber nichts anmerken, sondern verwöhnte ihn zusätzlich mit einer Tasse grünen Tee. Während Ellermann, im Bett sitzend – Schluck für Schluck –, die wärmende und entspannende Wirkung des Tees genoss, versuchte er, in seinem Kopf aufzuräumen. Eine Welt der Erinnerung herzustellen. Er wurde das Gefühl nicht los, dass ihn jemand niedergeschlagen hatte, gab es doch diese verblassende Erinnerung an einen Schatten. Danach kam allerdings nur ein schwarzes Loch.

Josephine hatte Ellermann noch in der Nacht zu ihm nach Hause gebracht. Dabei hatte sie ein Taxi rufen müssen, denn sie konnte seinen Autoschlüssel nicht finden. Der Schlüssel war verschwunden, in keiner Hosentasche zu finden. Aber das wusste Ellermann an diesem Morgen noch nicht.

Martha hatte, wie sie Ellermann berichtete, in der Früh kurz mit Josephine telefoniert. Diese sah die Ereignisse der letzten Nacht in einem etwas anderen Licht als er. Ihrer Meinung nach muss er wohl von einem Ziegel getroffen worden sein, der vom Dach gefallen war. Sie hatte jedenfalls niemanden gesehen, der Ellermann hätte niederschlagen können. Auch hinsichtlich des Lichtscheins war sie sich, selbst auf Marthas drängende Nachfrage hin, nicht mehr ganz so sicher, dass es sich um einen Einbrecher gehandelt hatte. Es könnte sich vielmehr auch um einen Lichtreflex gehandelt haben, denn es seien zur selben Zeit in zwei anderen Räumen automatisch Lampen durch die Zeitschaltuhr eingeschaltet worden. Im Übrigen wollte sie im Laufe des Vormittags vorbeischauen, um nach Ellermann zu sehen.

Inzwischen war es schon gegen Mittag. Ellermann nutzte die Zeit, in der er alleine auf dem Sofa lag, und dachte nach. Er dachte nach über sich und Josephine, über ihr Verhältnis. Er dachte auch über Lotto nach, den Mops, der nicht wieder aufgetaucht war.

Ein Klingeln an der Haustür riss ihn aus seinen Gedanken. Sofort sprang er auf. Das musste Josephine sein. Im Spiegel kontrollierte er sein Aussehen. Den Sitz seines Bademantels.

Er wollte Josephine nicht als Leidender gegenübertreten, aber ein bisschen Mitleid wollte er schon gerne.

Ellermann positionierte sich in Erwartung auf dem Sessel. Doch Martha tauchte alleine im Wohnzimmer auf, was bei ihm ein Stirnrunzeln auslöste.

»Besuch für Sie.«

»Nicht Josephine?«

»Nein, ein Herr von der Kriminalpolizei.«

Martha blickte auf eine Visitenkarte in ihrer Hand, bei der man auch ohne genaueres Hinsehen den formellen Charakter erahnte. Ellermann zupfte am Gürtel seines Mantels. Martha hielt ihm die Karte hin, die er aber gar nicht nehmen wollte.

»Ein Hauptkommissar Müller.«

»Ich kenne keinen Hauptkommissar Müller. Hat er denn gesagt, was er will?«

»Nur, dass er Sie sprechen will.«

»Meinen Sie, es geht um gestern Nacht?«

»Unfug, wer sollte Sie denn bemerkt haben. Und

überhaupt … genau genommen war das gar kein Einbruch.«

»Sondern?«

»Ein Rettungsversuch.«

»Das können *Sie* ja für mich der Polizei erklären.«

Ellermann trat an den Flügel, zog den Hocker darunter hervor und setzte sich. In seinem Kopf rumorte es, jetzt nicht mehr wegen der Schmerzen, sondern wegen der kreisenden Gedanken.

»Und dieser Kommissar hat nicht gesagt, was er will? Um was es geht?«

»Nein. Ich hab ihm gesagt, dass Sie einen Unfall hatten und ich nicht weiß, ob Sie zu sprechen sind.«

Ellermann rieb mit beiden Händen über sein Gesicht und strich die Haare nach hinten.

»Können Sie mir meine Sachen bringen, bitte, Martha. Ich will mich anziehen.«

»Das würde ich nicht machen. Erst mal steht Ihnen der Bademantel sehr gut …«

Sie konnte sich ein leichtes Grinsen nicht verkneifen, während sie mit den Händen eine abwägende Geste machte.

»… und außerdem sind Sie so weniger angreifbar.«

»Angreifbar? Also doch. Was will der Kommissar denn von mir?«

»Das war nur ein Scherz.«

»Über den ich nicht lachen kann.«

»Sie sind ein Schwarzseher, Ellermann.«

Sie klopfte ihm wohlmeinend mit der flachen Hand auf den Rücken und zog den Mantel an den Schultern etwas gerade, sodass der Sitz perfekt war. Dann entschwand sie und kam kurz darauf mit einem Mann wieder zurück. Als der Kommissar in der Tür erschien und Ellermann im Bademantel sah, zeigte sich ein süffisantes Schmunzeln auf seinem Gesicht. Ellermann wiederum starrte den Besucher mit offenem Mund an, wohl wissend, dass er ihn irgendwoher kannte. Nur woher, das wollte ihm nicht sofort einfallen. Nicht einmal eine Ahnung hatte er. Der Mann, etwa im gleichen Alter wie Ellermann, trug über der sportlichen Jeans ein lässiges Sakko. In den gegelten Haaren steckte eine Sonnenbrille. Die ganze Erscheinung entsprach so gar nicht der eines Kommissars. Mehr cooler Lebemann denn Beamter.

Der Mann ging einen Schritt auf Ellermann zu, wobei sein Grinsen immer breiter und frecher wurde. Dann wechselte seine Miene schlagartig wieder auf ernst.

»Hallo, Django, das ist ja ein Zufall.«

Ellermann war sprachlos, Marthas Kopf drehte sich zwischen ihm und dem Kommissar schnell hin und her. So wie beim Betrachten eines Tennisspiels. Plötzlich wusste Ellermann, wen er da vor sich hatte. Er knetete an dem Kragen seines Bademantels herum, seine Stirn legte sich in Falten.

»Enrico, bist du das?«

Der Kommissar nickte und die beiden begrüßten sich mit einem eher förmlichen Handschlag.

Wie Martha jetzt erfuhr, waren Enrico Müller und Ellermann seinerzeit bis zum Abitur auf dieselbe Schule gegangen, hatten sich dann aber später aus den Augen verloren. Richtig befreundet waren sie als Schüler nicht gewesen, und die eher förmliche Begrüßung ließ bei Martha sofort den Verdacht aufkommen, dass da etwas Unausgesprochenes zwischen den beiden stehen könnte. Ellermann versuchte, sich trotz der Überraschung schnell wieder unter Kontrolle zu bringen. Jedenfalls hatte er so gar keine Lust auf Small Talk und wollte zur Sache kommen.

»Du bist also bei der Polizei?«

»Kriminalhauptkommissar.«

»Das meinte ich.«

Enrico Müller ließ seinen Blick durch den Raum schweifen und verweilte bei dem Flügel.

»Und du spielst immer noch.«

»Ja.«

Ellermann hätte nicht gewusst, was er sonst noch hätte darauf sagen können. Zumal er, wie auch Martha, die leichte Abfälligkeit in Müllers Ton spürte.

»Und? Kann man davon leben?«

Martha kam Ellermann zuvor.

»Sehr gut sogar.«

»Verstehe, so gut, dass man sich eigenes Hauspersonal leisten kann.«

Marthas Mundwinkel versteiften sich, und es wurde mehr als deutlich, dass Müller bei ihr so schnell keinen Fuß mehr auf die Erde kriegen würde. Auch Ellermann verstand das sofort, versuchte aber durch entsprechendes Mienenspiel, seine Haushälterin hinter Müllers Rücken zu besänftigen. Damit hier kein Streit aufkam. So einen Streit konnte er wahrlich nicht gebrauchen. Müller wandte sich an Ellermann.

»So schön es ist, dich nach all den Jahren wiederzusehen, du kannst dir vorstellen, dass ich nicht deswegen hergekommen bin.«

Martha hatte sich neben der Tür an die Wand gelehnt und machte keine Anstalten, den Raum zu verlassen. Müller wandte sich an die Haushälterin.

»Vielen Dank, ich brauche Sie nicht.«

Der Klang seiner Stimme war nicht schneidend, aber sehr eindeutig, bestimmend. So schnell wollte sich Martha nicht geschlagen geben.

»Das mag sein, allerdings könnte es sein, dass Herr Ellermann mich braucht. Er hatte einen Unfall. Das sagte ich Ihnen doch.«

»Ich werde auf ihn achten, und ich kann Sie ja immer noch rufen.«

Der Kommissar und Martha fixierten sich. Müller sagte erst mal nichts weiter. Er wartete nur. Sehr zu Ellermanns Überraschung konnte Martha dem aufkommenden Druck nicht standhalten. Sie nickte ihm aufmunternd zu und ging dann.

»Ich bin in der Nähe, falls Sie mich brauchen.«

Enrico Müller wartete ab, bis Martha auch wirklich den Raum verlassen hatte, legte dann seine Stirn in Falten und hielt vorsichtig seinen Rücken. Ellermann fingerte an seinem Bademantel herum, die Temperatur im Raum schien schlagartig zu steigen. Ihm war heiß.

»Django, sagt dir der Name Schallansky etwas?«

Ellermann überlegte einen Moment, obwohl er sofort wusste, dass ihm dieser Name bekannt war. Aber er wusste nicht, warum Müller ihn danach fragte. Müller bemerkte Ellermanns Zögern, ließ ihm aber Zeit und fixierte ihn nur.

»Ja. Ich habe einer gewissen Tatjana Schallansky bis vor Kurzem Klavierunterricht gegeben.«

»Bis vor Kurzem? Jetzt nicht mehr?«

»Nein.«

»Warum nicht mehr?«

Die knappe und präzise Art eines Kommissars wollte in Ellermanns Vorstellung nicht zu seinem einstigen Mitschüler passen, jenem Supersportler, der so schnell rennen konnte, dass Ellermann Mühe hatte, mit dem Fahrrad zu folgen. Mit besonderen geistigen Leistungen war Müller in der Schule nicht gerade aufgefallen.

Ellermann wusste genau, warum er Tatjana Schallansky seit einiger Zeit keinen Unterricht mehr gab. Sie hatte ihn gebeten, ihr ein Alibi zu verschaffen. Sie war mit dem Unternehmer Heinz Schallansky verheiratet, einem Mann mit rauer Schale, hinter der Ellermann auch keinen weichen Kern vermutete. Tatjana dagegen machte auf ihn einen zerbrechlichen, ja geschwächten Eindruck. Was aus diesen beiden so unterschiedlichen Menschen ein Paar hatte werden lassen, verschloss sich ihm. Aber das sollte und wollte ihn auch nicht weiter interessieren. Er war nur als Klavierlehrer für Tatjana engagiert worden. Doch eines Tages zog Tatjana ihn ins Vertrauen. Sie offenbarte ihm, dass sie sich gelegentlich heimlich mit einem anderen Mann traf. Sie wollte natürlich vermeiden, dass ihr eifersüchtiger und unberechenbarer Ehemann etwas davon mitbekam. Kurzum: Sie bat Ellermann, ihr als Alibi zur

Verfügung zu stehen. Ellermann war Tatjanas Ansinnen unangenehm, er wollte nicht in so eine Sache hineingezogen werden und lehnte schließlich ab. Kurze Zeit später sagte ihm Tatjana, dass sie keine weiteren Klavierstunden mehr nehmen wolle. Sie schien ihm verwirrt, durcheinander. Ob das an dieser heimlichen Liaison lag oder einen anderen Grund hatte, das entzog sich seiner Kenntnis. Tatjanas Absage hatte ihn berührt und getroffen. Denn auch in der kurzen Zeit, die er ihr Klavierunterricht gegeben hatte, hatte er bemerkt, wie wichtig ihr die Musik war. Über all das dachte Ellermann nach.

»Warum sagst du nichts?«

»Ich weiß nicht genau, wie ich es sagen soll.«

»Versuch es einfach mit der Wahrheit.«

Enrico Müller schob sich auf dem Stuhl hin und her, wohl weil ihm unbequem war, aber auch, um eine aufkommende Ungeduld zu signalisieren. Ellermann bemerkte das.

»Du warst doch immer der Sportlichste von uns.«

»Klar, warum fragst du?«

»Hast du es etwa mit dem Rücken?«

Müllers unwirscher Gesichtsausdruck signalisierte Ellermann, dass er mit seiner Vermutung recht hatte. Doch Müller wollte es nicht zugeben.

»Unsinn. Gib mir lieber mal eine Antwort.«

Ellermanns Frage hatte die Situation weiß Gott nicht entspannt. Enrico Müller war sichtlich angesäuert.

»Das kann ich dir nicht sagen. Sie hat mir nur mitgeteilt, dass sie keinen Unterricht mehr wünsche.«

Enrico Müller verzog leicht spöttisch die Mundwinkel, stand nun auf und schlug wahllos eine Taste an. Ellermann zuckte zusammen. Das war sein Instrument!

»War sie vielleicht mit deinem Unterricht unzufrieden?«

»Nein, das glaube ich nicht. Sie hat jedenfalls nie etwas in dieser Richtung angedeutet.«

»Nun ja, das muss nichts heißen.«

»Für mich schon.«

»Und bis zu diesem Zeitpunkt, wie oft bist du ins Haus Schallansky gekommen?«

»Vielleicht sieben, acht Mal. Manchmal kam sie auch zu mir.«

»Dann hast du sicher auch ihren Ehemann kennengelernt?«

»Nicht so richtig, wir haben uns ein paar Mal gesehen, aber nicht viel miteinander gesprochen.«

»Was für einen Eindruck hattest du von ihm?«

Ellermann begann die Situation über den Kopf zu wachsen, und es regte sich ein kleiner Widerstand in ihm. Müller hielt sich das Kreuz, auch wenn er genau das verbergen wollte. Er setzte sich wieder.

»Warum fragst du mich das alles?«

»Wenn du zunächst meine Fragen beantwortest, werde ich es dir sagen.«

»Aber vielleicht könnte ich deine Fragen besser beantworten, wenn ich die Umstände kenne.«

»Vielleicht, aber vielleicht würdest du dann auch zu viel denken.«

Ellermann lachte.

»Ich denke immer lieber, bevor ich etwas sage.«

Enrico Müller lachte nicht. Ellermann dann auch nicht mehr.

»Also weiter. Wie gut kennst du Herrn Schallansky?«

Ellermann zögerte, wusste, dass er lieber weiterreden sollte, denn es reichte ihm, was er vor Kurzem durchlebt hatte. Da war er völlig unschuldig ins Visier der Polizei geraten. Das sollte ihm nicht noch mal passieren. Keinesfalls. Und vor allem nicht mit einem Kommissar, mit dem ihn eine nicht ganz konfliktfreie Bekanntschaft verband.

»Ein netter Mann, keine besonderen Vorkomnisse.«

Müller neigte den Kopf, ließ dabei aber sein Gegenüber nicht aus den Augen. Ellermann wusste auch, dass Schallansky alles andere war als ein netter Zeitgenosse. Er war egoman und jähzornig. Aber das war allgemein bekannt. Und irgendwie wollte sich Ellermann nicht in so einer Weise über einen anderen Menschen äußern und hielt sich deswegen lieber bedeckt. Gleichwohl spürte er, dass sein Verhalten falsch war, dass er sich auf Dauer mit seinen unaufrichtigen Aussagen erst recht in Schwierigkeiten bringen würde.

»Wenn du häufiger dort warst, sind dir dort noch andere Menschen begegnet?«

»Ja, schon. Schallansky beschäftigt, soweit ich weiß, verschiedene Hausangestellte.«

»Und sonst?«

»Was meinst du?«

»Hatte Tatjana Schallansky einen Geliebten?«

Diese Frage traf Ellermann so zielsicher wie ein Pfeil von Robin Hood. Es war ihm klar, dass sein schauspielerisches Talent so schlecht war, dass er hier nichts weiter vorspielen sollte. Aber er versuchte es trotzdem.

»Einen Geliebten? Nein, das kann ich mir nicht vorstellen.«

»Du hast also niemanden gesehen?«

»Nein.«

»Und auch sonst nichts in der Richtung mitbekommen?«

»Nein.«

»Oder vielleicht hat Frau Schallansky dich einmal darauf angesprochen?«

»Warum sollte sie?«

»Hat sie oder hat sie nicht?«

Ellermann holte einmal tief Luft.

»Nein.«

»Da hast du aber lange nachgedacht, bevor dir da die richtige Antwort eingefallen ist.«

Ellermanns Hände glitten vom Schoß, so klatschnass waren sie inzwischen. Müller sagte erst mal nichts mehr, was aber Ellermann noch nervöser machte. In die Pause und in die Stille hinein drängte sich ein Gedanke.

»Also bitte, ist etwas mit Frau Schallansky?«

»Warum fragst du?«

»Du hast gesagt … sie hatte …«

»Tatajana Schallansky wurde umgebracht.«

Müller sagte das ohne Umschweife, direkt und geradeheraus. Ellermann schluckte und war ehrlich geschockt. Plötzlich stand sie in seiner Vorstellung wieder lebendig vor ihm.

»Ermordet?! Von wem?«

Der Kommissar lächelte in einer Mischung aus Herablassung und Süffisanz.

»Wir haben die Ermittlungen gerade erst aufgenommen.«

»Aber wie ist es denn überhaupt passiert?«

Müller überhörte Ellermanns Frage, zumindest tat er so.

»Wo warst du gestern Nacht so zwischen zehn Uhr abends und Mitternacht?«

»Warum willst du das wissen?«

»Wenn ich schon mal hier bin. Reine Routine.«

Ellermann überlegte. Er konnte schlecht sagen, dass er zu dem Zeitpunkt auf dem Weg zu einem Einbruch bei Robert Gruhnau war. Auf der Suche nach einem Mops. Wenn er das erzählte, müsste er auch Josephine mit hineinziehen. Und das wollte er nicht.

»Ich war hier, zu Hause.«

Ellermann sagte das in der Hoffnung, dass Martha seine Aussage später bestätigen würde. So schlau würde sie sicherlich sein. Enrico Müller machte nach Ellermanns letztem Satz eine längere Pause, so als würde er ihm nochmals die Chance geben, sich zu korrigieren, aber Ellermann wollte jetzt seine Ruhe. Er wollte nicht mehr befragt werden.

»Du weißt, dass es mir nicht gut geht. Ich hatte einen Unfall. Also wenn du im Augenblick keine weiteren Fragen hast ...«

Müller erhob sich etwas mühsam vom Stuhl und

massierte sich im Stehen kräftig mit beiden Händen den Rücken. Ellermann stand ebenfalls auf. Er versuchte es mit einem versöhnlichen Lächeln.

»Also, ich kenne da einen ganz wunderbaren Osteopathen.«

»Einen was?«

»Du weißt schon ... jemand, der sich um deinen Rücken kümmert.«

Enrico Müller tat den Vorschlag mit einer Geste ab, als wolle er das Thema wie eine lästige Mücke verscheuchen.

»Danke. Kein Bedarf.«

Das sagte er, ohne mit der Wimper zu zucken, und ging langsam zur Tür.

»Ciao, Django. Wir sehen uns wieder. Und dann kannst du mir all das erzählen, was dir jetzt noch nicht ... eingefallen ist.«

Enrico Müller wollte nicht zur Tür gebracht werden. Er kenne den Weg, waren seine letzten Worte, und er ging aus dem Raum. Doch kurz darauf steckte er nochmals den Kopf herein.

»Ich habe noch etwas vergessen. Herrn Robert von Gruhnau? Kennst du den?«

Ellermanns Körper versteifte sich. Wie kam Müller nun plötzlich auf Gruhnau? Wusste er doch etwas von seinem nächtlichen Ausflug mit Josephine? Wieder brauchte Ellermann etwas länger mit seiner Antwort, was Müller nicht verborgen blieb.

»Also? Das ist doch eine ganz einfache Frage.«

»Ja, ähm, nein.«

»Geht's auch etwas konkreter?«

»Ich meine, natürlich kenne ich ihn. Er ist ein bekannter Mann. Ein Prominenter. Aber privat… nein.«

»Du hattest also noch nie etwas mit ihm zu tun?«

»Nein. Wie meinst du das? Geht es immer noch um den Mordfall Schallansky?«

»Erst mal geht es mir darum, ob du ihn kennst.«

Ellermann wollte nicht mehr so befragt werden und machte einen großen Schritt auf Müller zu.

»Ich sagte, nein.«

»Also, dann hast du ihn auch nicht einmal im Hause Schallansky gesehen?«

»Nein, das sagte ich bereits.«

Sollte Ellermann jetzt die ganze Geschichte mit dem Mops und Josephine auf den Tisch legen? Sicher nicht. Müllers Brauen gingen nach oben. Er verabschiedete sich endgültig.

Erschöpft, beinahe außer Atem, sank Ellermann wieder auf den Hocker am Flügel. Was hatte es nur zu bedeuten, dass der Kommissar hier bei ihm auftauchte?

Marthas Erscheinen lenkte ihn ab.

»Das ist ja ein seltener Vogel.«

»Sie haben gelauscht.«

»Aber natürlich. Was für eine Frage! Ich hatte Ihnen versprochen, dass ich Sie nicht alleine lasse. Und mit dem Herrn schon gleich gar nicht.«

»Haben Sie eine Idee, was er hier wollte?«

»Sich aufspielen.«

»Und sonst?«

Martha hob beide Arme.

»Nun ja, er wird alle Menschen vernehmen, die etwas mit der Ermordeten zu tun hatten.«

Ellermann merkte, dass Martha noch eine Frage auf der Zunge lag. Und er hatte auch eine Idee, worum es dabei ging.

»Nun fragen Sie schon, Martha.«

»Wenn Sie unbedingt wollen. Wie sind Sie in der Schule zu dem Namen Django gekommen?«

»Ich hab in den Ferien hin und wieder in einem Reitstall gearbeitet.«

»Als Stallbursche?«

Sie schaute Ellermann verwundert an. Das mochte in ihren Augen nicht so recht zu ihm passen.

»Es war nur ein Job.«

»Im Reitstall? Dann ist Django ein Kompliment.«

»Nicht unbedingt. Wissen Sie, Martha, ich hab Enrico Müller nie so recht gemocht. Und er mich auch nicht. Er war es auch, der mir den Namen gegeben hat. Und das war definitiv nicht nett gemeint.«

»Warum nicht?«

»Ich war einer der wenigen, die sich nicht auf ein Pferd getraut haben. Die Viecher waren so hoch. Verdammt hoch.«

»Ihre Höhenangst?«

Ellermann nickte und Martha wollte nicht weiter nachbohren.

»Martha, ich werde jetzt meinen Wagen holen. Der steht ja noch bei Gruhnau.«

»Können Sie denn fahren?«

»Aber natürlich. Haben Sie meinen Autoschlüssel irgendwo gesehen, Martha?«

Martha war ob der Frage etwas verwundert, aber offenbar hatte er wirklich vergessen, dass der Schlüssel verschwunden war.

»Der ist doch seit letzter Nacht verschwunden. Wissen Sie das nicht mehr, Ellermann?«

Ellermann dachte nach, aber nein, daran erinnerte er sich nicht mehr.

»Das heißt, ich habe ihn verloren?«

»Scheint so.«

»Wo?«

»Was weiß ich. Bei Ihrem Einbruch vielleicht.«

»Bitte, Martha, sagen Sie mir, dass das nicht wahr ist.«

Ellermann schluckte bei dem Gedanken, ihn wirklich dort, auf dem Anwesen von Gruhnau, verloren zu haben. Martha holte aus einer vorderen Tasche ihrer Schürze einen Autoschlüssel.

»Ich habe Ihren Zweitschlüssel gefunden. Nehmen Sie den solange.«

»Aber der andere kann doch nicht einfach so weg sein?«

»Er wird schon wieder auftauchen. Wo auch immer.«

Marthas Versuch, Ellermann zu beruhigen, misslang. Der Autoschlüssel war nur eine Sache, die ihn beunruhigte. Es gab da immerhin noch den verschwundenen Mops, eine Ermordete, die er kannte und die er mochte, und einen Kommissar, den er von früher kannte, und der ihn nicht leiden kann. Keine guten Vorzeichen, dachte sich Ellermann, und machte sich auf den Weg zu Gruhnau.

Vier

Martha brachte Ellermann in ihrer alten Rostlaube, ihrem Fiat Panda, zu Gruhnaus Grundstück. Erstens wollte sie nicht, dass er ein Taxi nehmen musste. Solche Aktionen sollten mit Rücksicht auf die Finanzen eine Ausnahme bleiben. Außerdem machte sie sich Sorgen um ihn. Er war noch etwas blass und wacklig auf den Beinen. Sie wollte sehen, ob er wirklich in der Lage wäre, sich hinters Steuer zu setzen. Und nicht zuletzt hatte sie die Hoffnung noch nicht aufgegeben, dass sie auf den Mops stoßen könnten.

Die beiden schwiegen während der Fahrt. Ellermann dachte im Gegensatz zu Martha nicht an den Mops Lotto, sondern vor allem an Tatjana. Sie war eine besondere Schülerin für ihn gewesen. Anders als die anderen. Sie konnte nicht wirklich gut spielen, aber sie hatte eine große Liebe zur Musik in sich. Er war ehrlich traurig, dass sie nun tot war. Er wischte sich, in der Hoffnung, dass es Martha nicht merkte, ein paar Tränen aus den Augen. So ungeschickt allerdings, dass sie es erst recht mitbekam. Aber sie reagierte bewusst nicht darauf. Ellermann versuchte, die Gedanken an die Tote zu verscheuchen. Lieber dachte er an Josephine. Aber auch da zogen die Wolken auf. Bei dem nächtlichen Einbruch war ihm natürlich aufgefallen, dass sich Josephine auf dem Anwesen von Gruhnau ziemlich gut auskannte. Sie war also häufig zu Gast bei dem Maler. Und wenn sich Ellermann recht erinnerte, hatte sie ihm sogar Modell gesessen. Nackt. Seine Miene verzog sich, und sein ganzer Körper bebte leicht, während er stur nach vorne starrte. Martha wüsste diesbezüglich sicher mehr zu erzählen. Sie weiß fast immer mehr. Aber er wollte sie nicht fragen, er wollte sie nicht darauf ansprechen, er wollte sich keine Blöße geben. Auf keinen Fall. Also schwieg er und biss sich auf die Unterlippe. Martha warf ihm einen kurzen Seitenblick zu.

»Also, was wollen Sie wissen? Raus mit der Sprache!«

»Was meinen Sie?«

»Ich rede davon, dass Sie neben mir auf dem Sitz rumzappeln wie ein Goldfisch, dem man das Wasser aus dem Glas gelassen hat.«

»Seit wann kennen Sie sich mit Goldfischen aus?«

»Seitdem einer neben mir gestrandet ist. Und jetzt raus damit.«

Ellermann spielte an seinen Haaren herum, indem er vergeblich versuchte, eine Strähne um einen Finger zu wickeln, vermied aber seinerseits jeden Blick zu Martha. Er war sich sicher, dann auf ein breites Grinsen zu stoßen.

»Es ist nichts. Ich weiß gar nicht, wie Sie darauf kommen.«

»Dann ist ja gut. Ich dachte, Sie wollten vielleicht etwas wissen.«

»Was denn?«

»Na ja, vielleicht etwas, das Josephine und Gruhnau betrifft.«

Da riss es Ellermann herum und er musste zu Martha schauen. Sie unterdrückte das erwartete Grinsen. Sosehr er seine Haushälterin tief im Herzen mochte, so war sie ihm hin und wieder unheimlich. Das war fast wie Gedankenlesen.

»Machen Sie sich nichts draus. Ich kenne Sie eben ganz gut, Ellermann. Also was wollen Sie wissen?«

Ellermanns fasste sich ein Herz.

»Sind Gruhnau und Josephine ein Paar?«

»Eifersüchtig?«

»Unsinn. Es interessiert mich einfach so.«

»Wenn es nicht so wichtig für Sie ist, dann muss ich auch nicht antworten.«

Ellermann hätte Martha in der Luft zerreißen können. Warum musste sie ihn so zappeln lassen?

»Nun gut, vielleicht ein kleines bisschen ... eifersüchtig.«

»Dann könnte vielleicht noch etwas aus Josephine und Ihnen werden?«

»Unsinn.«

»Ich weiß nicht, wie sie zu ihm steht.«

»Aber so etwas wissen Sie sonst immer.«

»Dieses Mal nicht.«

»Na bravo. Da hätte ich also gar nicht zu fragen brauchen.«

Ellermann schnaubte vor sich hin.

»Das hätten Sie gleich sagen können, Martha.«

»Hätte ich, hätte mir aber nicht so viel Spaß gemacht.«

Nach einer kleinen Pause fuhr Martha fort. Sie spürte wohl, dass sie etwas über das Ziel hinausgeschossen war.

»Entschuldigung, aber ganz ehrlich, dieses Mädchen ist mir ein Rätsel. Wie Ihnen auch.«

Sie erreichten das Anwesen von Gruhnau. Martha hielt direkt neben Ellermanns Wagen. Gerade als er aussteigen wollte, klingelte ihr Handy. Die Pflegerin, die sich tagsüber um ihren kranken und bettlägrigen Ehemann kümmerte, hatte kurzfristig einen Arzttermin bekommen und wollte dringend weg. Sie bat Martha, jetzt sofort für ein paar Stunden nach Hause zu kommen, um sie abzulösen. Martha wandte sich an Ellermann.

»Es tut mir leid, aber da kann ich nichts machen. Ich muss nach Hause.«

»Kein Problem. Oder glauben Sie etwa, Sie könnten mich nicht alleine lassen? Ich bin völlig okay. Glauben Sie mir.«

Sie sagte nichts darauf. Ellermann sah sich dadurch herausgefordert.

»Sehen Sie, ich bin wieder völlig in Ordnung.«

Er holte mit dem rechten Arm aus – soweit das in dem Kleinwagen überhaupt möglich war – und zielte mit dem Zeigefinger auf seine Nasenspitze. Er traf das rechte Auge. Sie ließ es unkommentiert.

»Ich werde mich noch mal ein bisschen nach dem Mops umschauen, Martha. Vielleicht treibt er sich hier wieder herum.«

»Das wollte ich Ihnen gerade schon vorschlagen.«

Er grinste.

»Genau deswegen hab ich es ja gesagt. Ich wollte Ihnen einmal zuvorkommen. Und nun fahren Sie zu Ihrem Mann.«

»Passen Sie auf sich auf, Ellermann.«

Mit einem Mal wurde Ellermann ernst, was Martha nicht verborgen blieb.

»Und vielleicht finde ich auch meinen Autoschlüssel.«

Sein Blick fiel auf die Mauer.

»Ich meine, hier draußen. Rein geh ich nicht noch mal.«

»Das hätte mich auch überrascht. Und das hätte ich Ihnen auch nicht unbedingt geraten.«

Ellermann stieg aus. Sie wartete noch einen Moment, dann knatterte sie mit ihrem Auto den Feldweg zurück in Richtung Hauptstraße. Ellermann blickte ihr hinterher und schaute auf das geschlossene Tor des Anwesens. Er wollte ein paar Schritte gehen, etwas Landluft atmen und so wieder einen richtig klaren Kopf bekommen.

Die Wind pfiff kalt, und Ellermann klappte den Kragen seines Mantels hoch. Er verschränkte während des Gehens die Arme vor der Brust, und während er so schlenderte, wanderten seine Gedanken zu Josephine. Es stimmte etwas nicht mit ihr. Sie hatte ihn nach der letzten Nacht nicht noch mal besucht wie versprochen. Nicht, dass Ellermann beleidigt gewesen wäre, doch es irritierte ihn. Er hatte das Gefühl, dass sie ihm etwas verheimlichte. Aber was? Und warum? Er wusste keine Antwort, aber als sensibler Künstler wusste er auch, dass seine Intuition sich selten irrte. Sosehr er sich im Gehen auch in seinen Mantel kuschelte, es fröstelte ihn immer mehr. Vielleicht ahnte er auch, was ihm noch bevorstehen sollte.

Kurz darauf war Ellermann halb um die Mauer des Anwesens herumgegangen. Auf der anderen Seite grenzte eine Wiese an die Mauer. An die Wiese schloss sich in einiger Entfernung ein kleiner Wald an. Ellermann blickte zu den Bäumen – es waren Nadelbäume und Laubbäume, ein echter Mischwald – und entdeckte dort ein rundes, niedriges Zelt. Dunkelblau. Aufgebaut zwischen zwei Bäumen, zwei Rotbuchen. Selbst auf die Entfernung hin – es mochten über hundert Meter sein – sah Ellermann, dass ein mittelgroßer Mann mit langen, wirren Haaren dabei war, einigen Hunden Futter zu bereiten, die schon vorfreudig herumsprangen. Der Mann trug leicht zerrissene Kleidung. Einen sehr dicken Pullover, vielleicht etwas zu warm für das Wetter, über einer sperrigen Latzhose. Unter den Hunden konnte Ellermann allerdings keinen Mops ausfindig machen. Kein Lotto weit und breit. Aber vielleicht wusste dieser Mann etwas? Vielleicht hatte er Lotto gesehen? Ellermann zögerte noch einen Moment, denn seltsam erschien ihm der Mann schon, andererseits – da hatte Martha recht – eine Belohnung für die Wiederbeschaffung des Mopses konnten sie ehrlich gebrauchen. Und er hätte Josephine einen Gefallen getan. Er dachte an ihre langen Beine, an ihre Sommersprossen. An ihren Atem. Gänsehaut pur.

Zielstrebig ging er in Richtung des Waldes, wobei er darauf achtete, nicht schon wieder seine handgefertigten Schuhe schmutzig zu machen. Martha hatte heute Morgen beim Putzen ziemlich geflucht und ihn um größere Sorgfalt gebeten. Der Mann im Wald bemerkte nun seinerseits Ellermann. Er sah ihn auf sich zukommen und ließ ihn nicht aus den Augen. Ellermann verzögerte seinen Schritt einen Augenblick, ging dann entschlossen weiter. Er winkte mit einer Hand.

»Hallo.«

Der andere winkte nicht zurück. Aber das war Ellermann in dem Moment egal. Er ging weiter. Plötzlich hörte er ein Geräusch hinter sich. Ein Quietschen. Dazu ein anderes Geräusch, ein schleifendes Knarzen. Er blickte sich um und bemerkte erst jetzt, dass auch auf dieser Seite der Mauer ein Tor eingebaut war, das sich soeben langsam und wie von Geisterhand öffnete. Hektisch schaute er sich um. Wer auch immer gleich durch dieses Tor herauskommen würde, der sollte ihn nicht entdecken. Besser nicht. Und so hechtete er in Richtung Mauer zurück, während sich das Eisentor weiter ganz langsam, aber geräuschvoll aufschob. Er drückte sich gegen die Mauer. Nachdem das Tor sich ganz geöffnet hatte, kam ein kleiner Geländewagen herausgefahren. Für ein paar Sekunden konnte Ellermann durch die Seitenscheibe ins Innere des Wagens sehen, aber der Fahrer hatte einen Schal so weit ins Gesicht gezogen, dass fast nur die Augenpartie zu sehen war. Zudem war Ellermann ein ganzes Stück entfernt. Wer saß in dem Wagen? War es derselbe Mensch wie letzte Nacht, dessen Taschenlampe er gestern in der Dunkelheit gesehen hatte? Oder war etwa Gruhnau selbst am Steuer? Das konnte sich Ellermann nicht vorstellen, hatte Josephine diesen doch zum Flughafen gebracht. Zudem war der Meister dafür bekannt, immer ausschließlich mit seinem Rolls-Royce und bestimmt nicht mit einem kleinen Geländewagen unterwegs zu sein.

Der Wagen entfernte sich mehr und mehr, wurde kleiner und kleiner. Ellermann sah nur noch das Heck. Er kniff die Augen zusammen und entdeckte dann aus dem Heckfenster blickend einen Hund. Einen Mops! Regungslos starrte das Tier in seine Richtung. Ellermann schaute atemlos dem Wagen hinterher. War das Lotto dort hinter der Heckscheibe? In der Ferne am Waldrand bellten die Hunde, die sich freudig um das Fressen stritten.

Ellermann zögerte für einen Moment, dann hetzte er zurück zu seinem Wagen. Vielleicht wäre er schnell genug – so seine Hoffnung –, dass er noch die Verfolgung des Unbekannten würde aufnehmen können. Während des Laufens rutschte er auf dem matschigen Boden hin und her und versuchte, seinen Autoschlüssel aus der Hosentasche zu kramen, wobei er sich beim ersten Versuch die Hand unter dem Gürtel einklemmte. Doch dann gelang es ihm, er riss die Autotür auf und zitterte hektisch den Schlüssel ins Schloss.

Auch wenn ihm das Fahren an sich Spaß machte, war Ellermann im Allgemeinen kein besonders mutiger und überschneller Autofahrer, aber jetzt gab er Vollgas und schlidderte mit seinem Wagen über die Wiese um die Ecke der Mauer. Die Räder drehten durch, sodass die Erde hochspritzte. Er sah aus den Augenwinkeln heraus, dass der Mann mit den Hunden ihm verständnislos hinterherblickte.

Der Feldweg, auf den Ellermann stieß und über den der Geländewagen verschwunden war, führte in den Wald hinein. Es gab keine Abzweigungen nach links oder rechts und eigentlich hätte er den Geländewagen bald erreichen müssen, doch nach etwa zwei Kilometern endete der Feldweg und mündete in eine Landstraße. Ellermann stieg aus, entdeckte frische Spuren aus Dreck und Schlamm auf dem Asphalt und schloss daraus, dass der Geländewagen nach rechts abgebogen sein musste. Er folgte der Spur, drückte aufs Gas, riss das Lenkrad herum und schleuderte in einer engen Rechtskurve auf die Fahrbahn, wobei er einen anderen Wagen, der auf der Landstraße Vorfahrt gehabt hätte, zu einer Vollbremsung zwang. Hinter der Scheibe des Kombis fluchte die Beifahrerin und drohte mit Faust und Handtasche, der Fahrer wiederum starrte stoisch nach vorne.

Auch wenn Ellermann in der Tiefe seines Herzens ein ängstlicher Mensch ist, jemand, der lieber Auseinandersetzungen und Aufregungen meidet, so kann sich das spätestens dann ändern, wenn seine Neugierde aus dem Schlaf gerissen wird. Zu viel war passiert in den letzten fast 24 Stunden, als dass er diesen Wagen mit dem unbekannten Menschen am Steuer hätte einfach fahren lassen wollen. Nachdem er einen Traktor samt Jaucheanhänger sowie einen überladenen Kleinbus mit einer Rentnergruppe an Bord und Fahrrädern im Anhänger überholt hatte, konnte er endlich in einiger Entfernung vor sich den Geländewagen entdecken. Ellermann war ein bisschen stolz auf sich. Er war sicher kein James Bond, aber immerhin war er bei der Verfolgung nicht im Straßengraben gelandet.

Der Geländewagen fuhr Richtung Stadt. Ellermann verlangsamte das Tempo, er wollte nicht zu weit aufschließen. Nicht dass der andere noch merkte, dass er verfolgt wurde.

Nach einigen weiteren Kilometern war die Stadtgrenze erreicht. Bald nach dem Ortsschild passierte der Geländewagen eine Kreuzung, gerade als die Ampel schon auf Gelb gesprungen war. Ellermann drückte das Gaspedal durch und raste ebenfalls noch hinüber. Zwei kurze Blitze hintereinander, und er war in eine Fotoampel geraten. Er fluchte und schlug mit der flachen Hand auf das Lenkrad, sodass er den Schmerz spürte.

»Aua!! Verdammt!«

Er verachtete fluchende Menschen eigentlich, aber jetzt war ihm danach. Mitten in sein nächstes Fluchen hinein klingelte plötzlich das Handy in seiner Hosentasche. Ellermann versuchte, es während des Fahrens herauszufingern und touchierte dabei fast den Randstein, auf dem sich gerade zwei alte Damen unterhielten. Zwar konnte er durch ein Herumreißen des Lenkrades in letzter Sekunde Schlimmeres verhindern, dennoch hatte er die beiden Ladys so erschreckt, dass sie ihm gestenreich die Pest an den Hals wünschten. Die Rollatoren zitterten. Ellermann sah die beiden im Rückspiegel. Dann ging sein Blick wieder nach vorn, bis er abermals einen Blick auf das Display des Handys riskierte. Es war ihm inzwischen gelungen, das Gerät aus der Hosentasche zu holen und neben sich auf den Beifahrersitz zu legen. Es war Josephine, die ihn anrief. Schon schaltete sich die Mailbox ein.

Der Geländewagen fuhr weiter Richtung Stadtzentrum und erreichte die Gegend um den Hauptbahnhof. Es war viel Verkehr auf der Straße, und Ellermann hatte immer wieder Mühe, nicht den Anschluss zu verlieren. Schließlich parkte der Geländwagen in einer kleinen Lücke am Straßenrand. Ellermann hielt in einigem Abstand in zweiter Reihe. Ansonsten war kein Platz frei. Er spähte hinüber und ließ sich auch durch lautes Hupen nicht aus der Ruhe bringen. Die Fahrertür des Geländewagens öffnete sich, und jemand stieg aus. Er trug einen langen Mantel und ging schnellen Schrittes den Bürgersteig hinunter. Leider in die für Ellermann verkehrte Richtung, sodass er ihn nur von hinten sehen konnte. Aus der Art des Ganges schloss er jedoch, dass es sich um einen Mann handeln musste. Aber mehr war nicht zu erkennen. Wieder ein Hupen, dieses Mal dröhnend hinter ihm, von der Stärke einer Vuvuzela, wie man sie aus Fußballstadien kennt. Ellermann erschrak, drehte sich um. Er sah die Front eines Lastwagens, der ganz dicht aufgefahren war. Der

Truck warf einen Schatten über Ellermanns Wagen. Ellermann beschloss, lieber langsam weiterzufahren, ohne aber den Unbekannten auf dem Bürgersteig aus den Augen zu lassen. Doch damit war der Truck offenbar noch nicht zufrieden, denn er ließ keine Ruhe. Er drückte abermals auf die Hupe. Ellermann ärgerte sich, ließ sich aber nicht weiter beeindrucken. Der Unbekannte verschwand um eine Straßenecke, Ellermann bog ebenfalls ab. Im Rückspiegel sah er einen tätowierten Mittelfinger.

Schließlich verschwand der Unbekannte im Eingang einer kleinen Pension. Weg war er. Ellermann entdeckte in der Nähe schnell einen freien Parkplatz und schnappte ihn sich, wobei es ihm gelang, einem Graumelierten in einer dicken, dunklen Limousine knapp zuvorzukommen. Ellermann hatte nur noch einen Gedanken: Er wollte wissen, wer der Mensch mit dem Geländewagen war. Und so achtete er nicht auf die Einwände des Graumelierten. Und er vergaß ebenfalls völlig den Mops, der noch immer seelenruhig im Geländewagen saß.

Während er langsam auf den Eingang der Pension zuging, griff er nach seinem Handy und hörte seine Mailbox ab. Josephine bedauerte, keine Zeit zu haben, um ihn zu besuchen, aber sie habe einen dringenden Termin außerhalb der Stadt. Gegen Abend sei sie wieder zurück und würde sich später sofort bei ihm melden. Ellermann betrat die Pension.

Gleich hinter der Eingangstür lag die winzige Rezeption, eingezwängt zwischen zwei Gummibäumen, deren Arme sich in die Höhe streckten wie die von Banditen, die ihre Waffen weggeworfen haben und sich ergeben wollen. Neben der Rezeption führte eine kleine, enge Treppe nach oben, wohl zu den Zimmern. Rechts war eine Sitzecke eingerichtet, mit zwei abgewetzten Sesseln und einem furnierten Couchtisch. Darauf eine Vase mit einer traurigen Tulpe drin. Hinter der Rezeption war niemand zu sehen. Eine Schwingtür führte in einen anderen Raum. In der Mitte der Tür war eine etwas verschmutzte runde Scheibe, hinter der Ellermann jedoch niemanden erkennen konnte. Auf dem Tresen, der die eigentliche Rezeption vom Eingangsbereich trennte, stand eine kleine Glocke.

Ellermann zögerte. Eben als er die Hand hob, um auf die Glocke zu schlagen, öffnete sich die Schwingtür, und eine sehr dicke Frau mit lockigem Haar kam herein. Sie trug einen Kittel über einer engen Jogginghose. Die Frau kaute noch und hielt in einer Hand den Rest einer dick bestrichenen Butterstulle. Die andere Hand wischte sie an einer Küchenschürze aus Plastik ab, die sich um ihren massigen Körper spannte. Sie musterte Ellermann ohne Regung und kaute weiter.

»Ja?«

Als sie den Mund aufmachte, bemerkte Ellermann Speisereste an ihren oberen Schneidezähnen. Petersilie oder ein anderes Kraut oder Gemüse. Grün jedenfalls. Er zögerte, und ihm wurde erst jetzt bewusst, dass er sich gar nicht auf seinen Auftritt vorbereitet hatte. Wie wollte er vorgehen? Er räusperte sich, dachte nach. Das dauerte der Dicken zu lange.

»Einzel, Bad auf dem Gang. 23 Euro die Nacht. Oder 37 Euro, mit eigener Dusche. Toilette extra. Aber bezahlt wird im Voraus. So oder so.«

Die Vorstellung, hier abzusteigen, bereitete ihm ein leicht mulmiges Gefühl. Aber er wollte auch gar nicht bleiben. Keinesfalls.

»Ich möchte kein Zimmer.«

»Sondern?«

»Eine Auskunft.«

»Sind Sie von der Polizei?«

Sie musterte ihn und schob sich gleichzeitig den Rest des Butterbrotes in den Mund. Das Gemüse klebte weiterhin an den Zähnen und irritierte Ellermann vollkommen. Er neigte verlegen den Kopf.

»Ich bin hier mit jemandem verabredet.«

»Aha. Mit wem?«

»Einem, äh, Bekannten.«

»Und hat der auch einen Namen?«

»Ja, sicherlich.«

Ellermann zögerte. Die Dicke schmatzte, die beiden Hände verteilten sich gegenseitig das Fett auf den Handinnenflächen.

»Wollen Sie mir den sagen?«

»Wie?«

»Den Namen?«

Das war eine gute Frage. Eine so gute Frage, dass Ellermann spontan keine Antwort darauf hatte.

»Wollen schon, aber ich kann nicht.«

»Sie sind mit jemanden verabredet, von dem Sie aber nicht wissen, wie er heißt?«

»Genau.«

»Und das ist ein Bekannter von Ihnen?«

»Ja.«

Ellermann sagte das mit der Bestimmheit, mit der man manchmal Unsinn ausspricht, in der Hoffnung, diesem damit etwas Sinn zu geben. Die Dicke zuckte mit den Schultern und wischte sich mit beiden Händen über den Mund. Das Grün an den Schneidezähnen blitzte auf. Ellermann fiel es schwer, sich auf das zu konzentrieren, weswegen er überhaupt da war.

»Hören Sie, es ist jetzt vielleicht etwas kompliziert, Ihnen das zu erklären. Dieser Mann und ich, wir kennen uns, aber ich habe seinen Namen vergessen. Ich weiß aber, wie er aussieht.«

»Aha.«

»Ja, er trägt einen langen Mantel.«

»Ach so, sagen Sie das doch gleich.«

Ellermann überhörte die Ironie in der Stimme, aber ihr Gesichtsausdruck erstickte jede aufkeimende Hoffnung.

»Jetzt hör mal zu, Bürschchen, wenn du meinst, du kannst mich hier verscheißern, dann ... dann ...«

Ihr fiel kein passender Spruch ein. Aber Ellermann hatte sie auch so verstanden.

»Ich schwöre Ihnen. Ich will Sie nicht ... verscheißern.«

Das Wort kam ihm schwer über die Lippen. Und so langsam, wie er es nun aussprach, erweckte er erst recht den Eindruck, als wolle er die Frau auf den Arm nehmen. Ihre Miene zuckte. Doch Ellermann wollte nicht aufgeben. Nicht hier und jetzt.

»Mein Bekannter ist gerade hier hereingekommen. Er muss Gast bei Ihnen sein. Haben Sie ihn denn nicht gesehen?«

Er hatte beim letzten Satz die Stimme leicht erhoben. Er ärgerte sich inzwischen über sich selbst und dass er sich so gar keinen Gedanken darüber gemacht hatte, wie er hier vorgehen wollte. Die Frau kniff die Augen zusammen. Ganz offenbar kam ihr Ellermanns Auftritt zunehmend seltsam vor. Dieser Mann war ihr definitiv nicht geheuer. Ein Verrückter?

»Ich kenn Sie nicht. Sie wollen hier irgendwas wissen, und ich hab keine Ahnung, was Sie eigentlich vorhaben.«

»Hören Sie, es ist ein Notfall.«

»Vielleicht sind Sie ja ein Auftragskiller.«

Ellermann musste spontan lachen. Die Frau lachte aber nicht mit, sondern zeigte nun mit dem Zeigefinger auf ihn.

»Warten Sie hier, ich bin gleich wieder da.«

Sie verschwand durch die Schwingtür nach hinten, noch bevor Ellermann etwas sagen konnte. Er konnte sie durch die runde Glasscheibe in der Tür sehen. Wenn auch verwischt und undeutlich. Aber eines konnte er zumindest erahnen. Die Frau war zu einem Wandtelefon gegangen und hatte gewählt. Und nun sprach sie ziemlich aufgeregt in den Hörer, dabei immer wieder mal einen Blick zu Ellermann werfend. Dieser versuchte umso mehr, sich teilnahmslos zu geben. Doch er wurde hektisch. Mit wem telefonierte die Frau? Mit der Polizei? Oder mit ihrem Neffen, einem vorbestraften Preisboxer? Wer auch immer es sein mochte, Ellermann beschlich das Gefühl, dass er besser das Weite suchen sollte. Und zwar schnell. So würde er hier sowieso zu keinem Erfolg kommen. Lieber wollte er heimlich vor der Pension warten, bis der Unbekannte wieder herauskäme. Er drehte blitzschnell um und verließ eiligen Schrittes die Rezeption.

Auf dem Weg zu seinem Wagen kam er an einem Zeitungskasten vorbei. Er warf Geld ein und entnahm ein Exemplar, hinter dem er sich lesend verstecken wollte, um unbemerkt den Eingang der Pension kontrollieren zu können.

Ellermann hatte sich in seinen Wagen gesetzt. Während er mit einem Auge manchmal zu der Pension hinüberschaute, entdeckte er in der Zeitung einen kurzen Bericht über den Mord an Tatjana Schallansky. Die Polizei schien sich bedeckt halten zu wollen und hatte noch nicht viele Informationen an die Presse gegeben. Nur so viel hatten die Journalisten herausgefunden: Die Frau war erschossen worden, wobei von der Tatwaffe jede Spur fehlte. Ellermann musste schlucken, er zitterte. Er hatte zwar keinen sehr engen Kontakt zu Tatjana gehabt, aber es schockierte ihn, dass ein Mensch ermordet worden war, dem er bis vor Kurzem Klavierunterricht erteilt hatte. In dem Artikel wurden auch Vermutungen angestellt, wer als Täter infrage kam. Immerhin war herausgekommen, dass in die Villa eingebrochen worden war. Das, so eine Mutmaßung, könnte darauf hindeuten, dass Tatjana Schallansky Opfer eines Raubmordes geworden war. Aber insgesamt würden die Ermittlungen noch völlig am Anfang stehen.

Als Ellermann wieder zu der Pension hinüberschielte, fiel ihm eine Frau auf, die auf dem Bürgersteig eilig in seine Richtung ging. Sie kam auf ihn zu. Er erkannte diese Frau erst auf den zweiten Blick, denn sie trug eine große Sonnenbrille mit breitem Goldrand. Es war Josephine! Er war baff, hatte sie ihm doch auf die Mailbox gesprochen, dass sie gar nicht in der Stadt sei. Wie versteinert schaute er zu ihr. Sie kam weiter auf ihn zu und würde ihn bald entdeckt haben. Er versteckte sich noch dichter hinter der Zeitung, so dicht, dass das Papier seine Nasenspitze berührte. Natürlich hätte er aus dem Auto steigen können und sich zu erkennen geben. Hallo, Josephine! Aber irgendetwas in ihm sagte, dass er das nicht tun sollte. Kurz bevor sie seinen Wagen erreicht hatte, den sie offenbar in der Reihe der parkenden Autos nicht erkannte, bog sie ab und überquerte die Straße. Er blickte ihr nach, bis sie direkt in der Pension verschwand. Er ließ die Zeitung sinken und hielt den Atem an. Was sollte er tun? Sollte er ihr folgen? Sie zur Rede stellen? Oder sich besser erst mal zurückhalten?

Gerade als er abermals aussteigen wollte, klopfte es an seine Seitenscheibe. Eine Politesse stand davor und winkte mit steinerner Miene. Leicht erschrocken ließ Ellermann die Scheibe herunter.

»Was ist denn? Habe ich etwas falsch gemacht?«

»Das hier ist ein Behindertenparkplatz. Haben Sie einen Ausweis?«

»Nein.«

»Dann müssen Sie wegfahren.«

»Kann ich nicht wenigstens für einen Augenblick noch stehen bleiben?«

»Nein, fahren Sie weg.«

»Nur für fünf Minuten. Ich kann wohl noch fünf Minuten bleiben, oder?«

»Machen Sie das. Dann ruf ich meine Kollegen mit dem Abschleppwagen.«

Ellermann wollte sich nicht so schnell geschlagen geben. Er verzog leicht das Gesicht, gab sich leidend.

»Ich bin gestern Nacht zusammengeschlagen worden.«

»Aha.«

»Also insofern bin ich auch behindert.«

Die Politesse lachte laut.

»Behindert sind Sie, wenn ich Ihnen Fußfesseln anlege.«

Wenigstens hat sie Humor, dachte er sich und startete den Motor. Er bog mit seinem Wagen langsam auf die Fahrspur und versuchte, während des Vorbeifahrens einen Blick in den Eingang der Pension werfen zu können. Natürlich vergebens. Die Glastür hatte sich geschlossen, und von dem, was dahinter passierte, konnte er nichts sehen. In der Tür spiegelte sich nur die Welt davor.

Also fuhr Ellermann weiter, um die nächste Ecke. Er kam schließlich auch wieder an dem Geländewagen vorbei. Und da traf es ihn wie ein Blitz. In seiner Aufregung um den unbekannten Fahrer hatte er doch glatt den Hund vergessen. Der Mops saß noch immer da. Starr und regungslos. Ellermann verlangsamte die Fahrt. Und da begriff er: Dieser Mops war ein lebensgroßes Stofftier.

Fünf

Warum war Josephine hier? Ellermann lenkte seinen Wagen in eine Parkbucht in der Nähe und hielt an. Er stieg aus und vergewisserte sich, dass er dieses Mal auf einem regulären Platz stand. Es war alles in Ordnung, nur die Parkscheibe musste er hinterlegen. Zwei Stunden waren erlaubt.

Dann ging er ein paar Schritte zurück, in Richtung der Pension. Gedanken schossen ihm wie Dartpfeile durch den Kopf, verfehlten aber ihr Ziel. Kein Treffer. Für vieles hatte er einfach keine Erklärung. Wer war der Unbekannte mit dem Geländewagen? Und war derselbe schon in der Nacht zuvor auf dem Anwesen von Gruhnau gewesen? Und hatte das Verschwinden des Mopses etwas damit zu tun? Aber vor allem kreisten seine Gedanken um eine Frage: Was für eine Rolle spielte Josephine? Es konnte doch kein Zufall sein, dass sie hier auftauchte und in eben jener Pension verschwand, in die auch der Unbekannte gegangen war? Ellermann war ratlos.

Wie ich später feststellte, hatte er versucht, mich telefonisch zu erreichen. Ich hatte aber mein Telefon ausgemacht, weil ich im Schwimmbad meine täglichen Runden drehte. Auch der Versuch Ellermanns, Martha telefonisch zu erreichen, scheiterte. Ellermann war auf sich allein gestellt.

Über eine halbe Stunde schlenderte er gegenüber der Pension auf dem Bürgersteig auf und ab. Natürlich wollte er zu gerne hineingehen, sehen, wo Josephine war. Aber er hatte Sorge, dass er nicht weiter kommen würde als bis zum Empfang, um dort wieder in den Armen des weiblichen Zerberus zu landen. Er wartete, bis es schließlich Abend wurde, und noch immer waren weder der Unbekannte noch Josephine wieder herausgekommen. Vielleicht hatte er sie aber auch schlichtweg verpasst, denn mindestens zweimal hatte er seinen Posten verlassen müssen, um in einer nahe gelegenen Dönerbude etwas zu trinken zu kaufen. Schließlich wurde ihm klar, dass er etwas unternehmen musste.

Als aus der Einfahrt des Nachbarhauses ein kleiner Lieferwagen auf die Straße einbog, kam ihm der Gedanke, es einmal von der anderen Seite des Hauses her zu versuchen. Die Pension würde sicherlich auch einen Hintereingang haben. Ellermann gelang es, über den Innenhof des Nachbargrundstücks in den Hof zu steigen, der sich hinter der Pension befand. Die nicht sehr hohe Mauer war selbst für einen eher unsportlichen Typen wie ihn relativ leicht zu überwinden.

Jedes Jahr, zu Jahresanfang, nicht zu Silvester, aber spätestens im Februar nahm Ellermann sich vor, seinem Körper etwas Gutes zu tun und etwas mehr Sport zu treiben. Aber genauso schnell fielen ihm die noch überzeugenderen Gegenargumente ein. Zu viel Sport sei schlecht für die Gelenke, Joggen in der Hinsicht sowieso. Beim Schwimmen kann man sich dagegen leicht eine Erkältung holen, oder noch schlimmer: eine Infektion. Und Radfahren sei bei der Häufigkeit der Unfälle im Straßenverkehr ohnehin viel zu gefährlich.

Durch eine kleine Tür, die nicht abgesperrt war, gelangte Ellermann vorbei an einer Altpapiertonne und Holzkisten mit verschiedenem Unrat in das Hausinnere. Es roch modrig und fühlte sich feucht an. Gleich hinter der Tür führte eine kleine Treppe nach oben, durch einen engen und niedrigen Flur. Es war ziemlich dunkel, nur eine schwache Glühbirne flackerte unregelmäßig. Er tastete sich Schritt für Schritt vorwärts, die Treppen hoch, sich immer mit einer Hand an einer Seitenmauer abstützend. Die Treppe endete an einer weiteren Holztür. Ellermann presste seinen Kopf gegen die Tür, um etwas hören zu können. War da jemand auf der anderen Seite? Er lauschte konzentriert, aber da war nichts. Schließlich beschloss er, ganz leise und langsam die Tür aufzudrücken. Sie ließ sich öffnen und gab dabei keine Geräusche von sich. Hinter der Tür blickte Ellermann in einen ebenfalls nur sehr schummrig beleuchteten Gang, der mit dunkelrotem Teppichboden ausgelegt war. Er ging vorsichtig in den Gang hinein, sank dabei leicht in dem hohen Teppich ein. Links und rechts gingen Türen ab, auf denen eine Nummer aus Plastik aufgeklebt war, mehr oder weniger schief. Die Gästezimmer. Offenbar war Ellermann auf seinem Umweg durch den Hinterhof direkt in die Pension gelangt. Er verharrte für einen Moment auf der Stelle und lauschte. Aber außer dem Surren einer Neonlampe gab es nichts. Keine Stimmen. Etwas Musik drang von unten herauf. Krächzender Schlager. Ellermann überkam ein heftiges Schütteln bei dieser Musik. Sie musste wohl vom Empfang kommen.

Wie sollte er nun weitersuchen? Er ging langsam den Gang hinunter, an jeder Zimmertür lauschend. Am Ende des Ganges wagte er sich einen Stock höher. Aber auch dort war seine Suche vergebens. Schließlich war er im vierten oder fünften Stock angekommen. Als er dort abermals in die Stille lauschte, war aus einem der Zimmer eine männliche Stimme zu hören. Dumpf und undeutlich. Ellermann ging den Gang hinunter bis zu der Zimmertür, hinter der die Stimme zu vernehmen war. Er schaute sich unruhig um, drückte sein rechtes Ohr gegen die Tür. Die Stimme war nun zwar immer noch sehr leise, aber mit einer gewissen Anstrengung zu vernehmen. Offenbar telefonierte ein Mann. Ellermann konnte die Worte nur bruchstückhaft hören. Es ergab keinen Sinn.

Er war in dem Versuch, dem Telefonat zu folgen, so gebannt, dass er zunächst gar nicht bemerkte, dass sich etwas in seiner Umgebung veränderte. Die Musik, die er hier im oberen Stockwerk bis dahin nicht mehr gehört hatte, war plötzlich wieder da. Und sie wurde lauter. Hektisch riss es ihn herum, er starrte zu der Treppe. Ein Refrain erklang, so laut und eingängig, dass er in lustiger Runde zum Mitklatschen animiert hätte. Offenbar – so wie es kratzte und schepperte – kamen die Schlager aus einem Kofferradio. Und die Musik kam näher! Etwa die Dicke vom Empfang? Wie sollte er ihr erklären, dass er hier war? Nein, darauf hatte er keine Lust. Auf einer Seite des Ganges war die Treppe und am anderen Ende war eine Tür. Verschlossen. Ellermann hastete den Gang entlang und versuchte, eine der anderen Türen aufzumachen. Dann, endlich, bewegte sich ein Knauf. Ellermann hechtete hinein und machte die Tür hinter sich zu.

Er war in einem Gästezimmer gelandet, das gerade nicht benutzt wurde. Das Bett war nicht bezogen, die Matratze nackt. Eine schmale Tür führte in einen Nebenraum, das Bad. Er ging hinein. Der Raum war dunkel, ohne Fenster. Doch bevor er auch nur darüber nachdenken konnte, Licht zu machen, hörte er, dass die Zimmertür von außen geöffnet wurde. Plötzlich war sie wieder da: die Schlagermusik in voller Lautstärke. Ellermann hatte es nicht geschafft, die Badtür zu schließen. Er hielt die Luft an und blickte durch die halb offene Tür in den Raum. Die dicke Frau vom Empfang legte frische Bettwäsche auf das Bett. Das Kofferradio stellte sie auf die Matratze. Dann nahm sie zwei frische Handtücher, die sie ebenfalls mitgebracht hatte, und wollte mit ihnen schon Richtung Bad gehen, überlegte es sich aber im letzten Augenblick anders und legte die Tücher auf die Bettwäsche. Ellermann fühlte sich wie in einer Sauna, so heiß war ihm mit einem Mal. Er verharrte regungslos in einer leicht verrenkten Position, unfähig sich auch nur einen Millimeter zu bewegen – bis die Frau das Zimmer wieder verlassen hatte. Die Musik wurde schlagartig leiser, sie hatte die Zimmertür hinter sich geschlossen.

Dann hörte Ellermann das sehr hässliche Geräusch, wie ein Schlüssel umgedreht wurde. Auf seiner Stirn trat schlagartig Schweiß in kleinen Bächen zutage und floss den Hals zum Kragen hinunter. Ganz vorsichtig schlich er aus dem Bad in das Zimmer. Und noch vorsichtiger drückte er die Klinke. Doch die Tür ließ sich nicht mehr öffnen. Er war eingesperrt. Er musste sich setzen. Die Matratze unter ihm gab nach, so weich und durchgelegen, wie sie war. Er hüpfte sitzend ein paar Mal darauf auf und ab. Dann stand er entschlossen auf und trat zum Fenster. Unter ihm ging es mindestens zehn Meter in die Tiefe, bis zu den Pflastersteinen im Hof hinunter, und auch das Nachbarfenster war weiter entfernt. Vor dem Fenster war ein kleiner Balkon. Vielleicht könnte er sich dorthin hangeln? Aber die Balkontür zu dem dahinterliegenden Zimmer war geschlossen. Dort würde er auch nicht weiterkommen.

Er blickte sich um. Das Zimmer war, wie zu erwarten, nur mit dem Nötigsten eingerichtet. Die Möbel waren alle schlicht und abgewohnt. Der Teppich hatte Flecken, dunkle und helle gleichermaßen. Ihm zog ein Schauer über den Rücken, aber es war kein wohliger. Er war in diesem Loch gefangen. Er fischte sein Handy heraus. Ein Blick auf das Display offenbarte ihm, dass er keinen Empfang hatte. Auch als er sich weit aus dem Fenster lehnte, änderte sich daran nichts. Es gab zwar einen leichten Ausschlag, aber in dem Augenblick, in dem er versuchte, Marthas Nummer zu wählen, brach die Verbindung sofort wieder zusammen. Ellermann raufte sich die Haare. Er wollte keinesfalls entdeckt werden.

Er setzte sich wieder aufs Bett und dachte nach. Doch wie es meist ist mit den klugen Ideen: Wenn man dringend eine benötigt, ist weit und breit keine zu sehen. Er ging im Zimmer auf und ab. Schließlich legte er sich hin, wobei er behelfsmäßig das Laken auf der Matratze ausbreitete. Er wollte sich nur etwas ausruhen. In dieser Lage würde das Blut in seinen Kopf fließen und ihm das Denken erleichtern. So lag er da. Aber er durfte auf keinen Fall einschlafen.

Aber so sehr hatten ihn die Ereignisse der letzten Stunden erschöpft. Wenn sich Ellermann später recht erinnerte, konnte er in seinem Traum fliegen. Aber eben nur im Traum.

Im Zug

Der Zug rüttelt und schaukelt leicht hin und her, auch wenn er ziemlich langsam auf den Schienen dahingleitet. Ich weiß immer noch nicht, wohin er fährt und wann die nächste Haltestelle kommt. Auch eine Fahrkarte habe ich nicht. Schon aus diesem Grund möchte ich so schnell wie möglich wieder raus. Aber erst mal bleibe ich in dem Abteil sitzen. Und ich kann mir immer noch nicht genau erklären, was eben passiert ist. Warum hat Ellermann den Waggon wieder verlassen? Will dieser unbekannte Mann etwas von ihm?

Ich ziehe mein Handy heraus und versuche, ihn noch einmal telefonisch zu erreichen, aber wieder meldet sich nur die Mailbox.

Ein Kontrolleur steckt seinen Kopf herein, und ich will ihm schon erklären, warum ich keinen Fahrschein habe. Aber er fragt mich nur, ob ich etwas zu trinken möchte. Ich frage ihn, wann der Zug das nächste Mal hält. Er meint, in einer guten Stunde, das stehe alles in diesem kleinen Faltblatt, das auf der Ablage neben mir liege. Über eine Stunde? Ich bestelle mir eine Tasse Tee. Grünen Tee. Nachdem der Zugbegleiter wieder gegangen ist, schließe ich die Augen. Ich bin nun wahrlich nicht mehr der Jüngste und die Verfolgungsjagd im Bahnhof hat mich sehr angestrengt. Während ich so dasitze und sinniere, klingelt plötzlich mein Handy. Ein Blick auf das Display sagt: Es ist Ellermann. Ich gehe ran.

»Ellermann, was ist mit Ihnen?«

»Ist sie auch im Zug?«

»Wer?«

Auf meine Frage hin erhalte ich keine Antwort. Nur ein Knacksen, ein Krachen und dann ein Nichts. Die Verbindung ist zusammengebrochen.

Ellermanns Geschichte

Sechs

Ellermann schwebte in seinem Traum durch die Lüfte und landete schließlich sanft auf einer Wiese, angelockt von einer einfachen Klaviermelodie. Sie erinnerte ihn an Tatjana Schallansky, seine ehemalige Schülerin. Sie war – wie schon erwähnt – nicht sehr virtuos gewesen, aber andererseits auch nicht unbegabt, sondern von einer großen Sensibilität, und sie hatte ein starkes Gefühl für Melodien besessen. Er hatte ihr Spiel gemocht, auch weil es immer eine tiefe Melancholie ausgestrahlt hatte. Sie war ein seltsames Wesen voller Rätsel und Geheimnisse gewesen. Er hatte sie nicht als Mann begehrt, aber er hatte sich zu ihr hingezogen gefühlt. Zu ihrer blassen Zartheit. Ellermann war es vom ersten Augenblick an völlig unverständlich, warum diese Frau und Schallansky ein Paar waren. Er, der harte, bisweilen leicht grobschlächtige Unternehmer, der Polterer und überhaupt ein Mensch, der völlig von sich eingenommen ist. Gut, er hatte ihn nicht oft gesehen, aber so viel Menschenkenntnis besitzt Ellermann, dass er sich schon auf den ersten Blick ein Bild von einem Menschen machen kann. Warum und wie waren die beiden überhaupt zusammengekommen? Oder waren sie ein Paar nach dem Motto: Gegensätze ziehen sich an?

Ellermann dachte an die paar Mal, bei denen Tatjana zu ihm nach Hause gekommen war, zum Klavierunterricht. Das war – und das wurde ihm erst in diesem Moment bewusst – immer abends, einmal sogar erst gegen Mitternacht gewesen. Sie liebte die Dunkelheit. Auf jeden Fall wollte sie immer nur nach der Dämmerung Klavier spielen. Sie sagte, so könne sie noch mehr die Mystik der Musik genießen. Ein paar Mal hatte sie ihn auch gebeten, ob er nicht etwas für sie spielen könnte. Normalerweise widersetzt sich Ellermann solch einem Anliegen seiner Schüler. Natürlich spielt er bestimmte Takte, auch ganze Passagen beispielhaft vor, aber er sieht eine Klavierstunde nicht als Rahmen für ein Konzert. Zumal ihm sein Lampenfieber meist auch dann zusetzt, wenn nur ein einziger Mensch zuhört. Bei Tatjana war das allerdings anders. Sie war, wie etwa Martha, eine der ganz wenigen, vor der er Klavier spielen konnte und auch wollte. Er hatte das ein paar Mal gemacht, und das waren die wenigen Augenblicke gewesen, in denen er sie hatte lächeln sehen. Ansonsten wurde sie von dieser ihr ganz eigenen Traurigkeit regiert. Wie war sie wohl, wenn sie ihren heimlichen Geliebten traf? Ellermann hatte ihn nie selber zu Gesicht bekommen. Aber er war auch froh drum, nicht mehr zu wissen, kein Geheimnis mit sich herumtragen zu müssen, wollte er doch Schallansky lieber unbelastet gegenübertreten. Da ist es besser, wirklich nichts zu wissen. Diesen Mann empfand er als Bedrohung, während Tatjana ihn berührt hatte.

Während Ellermann in Gedanken – und im Traum – an die verstorbene Tatjana versunken war, lauschte er gleichzeitig der Klaviermusik, von der er aber nicht wusste, woher sie überhaupt kam. Doch plötzlich mischte sich ein anderes Geräusch in die Melodie. Ein lautes Geräusch, ein dröhnendes, das auch immer mehr an Lautstärke zunahm. Das war der Augenblick, in dem er erwachte. Und es dauerte nur ein paar Sekunden, bis er begriffen hatte, wo er war. Er lag auf dem Bett in der Pension. Von draußen, vom Gang her, drang das laute Geräusch herein. Offenbar hantierte dort jemand mit einem Staubsauger. Ellermann schreckte hoch. Wie hatte er nur seelenruhig so lange schlafen können? Er schüttelte sich kurz, sprang aus dem Bett. Er schlug sich ein paar Mal mit der flachen Hand gegen die Wangen, so als wollte er sich selbst beweisen, dass er wieder wach war.

Vor dem Fenster war die Dunkelheit einer Dämmerung gewichen. Ein kurzer Blick auf sein Handy sagte ihm, dass es kurz nach sieben Uhr morgens war. Weiterhin hatte sein Telefon keinen Empfang. Vorsichtig schlich er zur Tür und horchte, da das Staubsaugergeräusch unvermittelt aufgehört hatte. Durch die Tür drangen auch keine anderen Geräusche zu ihm. Er überlegte, ob er es abermals riskieren sollte, die Tür zu öffnen. Ganz langsam drückte er die Klinke nach unten, doch die Tür ließ sich nicht öffnen. Er war noch immer eingesperrt.

Ellermann trat ans Fenster und schaute hinaus. Es musste ihm irgendwie gelingen, sich ins Freie zu flüchten. Nachdem er das Fenster geöffnet hatte, blickte er vorsichtig nach unten. Die Tiefe schien ihm noch unheimlicher als am Abend zuvor. Er verfluchte sich dafür, dass er überhaupt in die Pension geschlichen war. Wie hatte er nur in diese überaus missliche Situation geraten können? Er blickte zu dem Nachbarzimmer und zu dem Balkon davor. Und dann sah er, dass die Balkontür inzwischen halb offen stand. Sollte er es wagen? Es waren etwa vier Meter bis zu dem kleinen Balkon. Das müsste zu schaffen sein. Ellermann überlegte einen Moment. Dann kletterte er auf das Fensterbrett. Er schaute nur nach oben, nicht nach unten. Direkt über ihm verlief unter der Regenrinne ein dünnes Metallrohr. Vielleicht ein Teil des Blitzableiters. Er fasste mit einer Hand nach oben und bekam das Rohr zu packen. Dann die zweite Hand. Auch diese griff nach dem Rohr. So stand er auf dem Fensterbrett, beide Arme nach oben gestreckt.

Es ist immer wieder erstaunlich – und ich kenne viele Beispiele aus meiner jahrzehntelangen Arbeit als Therapeut –, zu welchen Energieleistungen ein Mensch in der Lage ist, wenn er denn muss. Wenn er in einer Notlage ist. Es werden dann, wie der Volksmund so schön sagt, unerwartete Kräfte freigesetzt. Ellermann, der völlig untrainiert, ziemlich unsportlich und leicht übergewichtig ist, gelang es: Nach ein paar Sekunden hatte er es geschafft und er hatte sich auf den Balkon des Nachbarzimmers gehangelt. Er zitterte am ganzen Körper. Zugleich fühlte er sich ein bisschen wie Supermann und ein bisschen wie Tarzan. Allerdings war er weit entfernt davon, sich mit beiden Fäusten gegen die Brust zu trommeln.

Er spähte durch die halb offene Balkontür in das Innere des Zimmers. Es wirkte unaufgeräumt. In einer Ecke lagen auf einem Stuhl verschiedene Kleidungsstücke. Aber – was viel wichtiger war – es war niemand im Raum. Ellermann schlich leise in das Zimmer hinein und wollte schon zur Tür gehen, um endlich auf den Gang zu gelangen, da fiel sein Blick auf einen Mantel, der mitten auf dem Bett lag. Es war jener Mantel, den der Unbekannte getragen hatte. Neben dem Bett entdeckte Ellermann eine schwarze Aktentasche. Vorsichtig öffnete er sie und holte ein paar Schreibblöcke hervor, die allerdings alle noch unbenutzt waren. Darüber hinaus befand sich in der Tasche noch eine Klarsichthülle mit Zeitungsausschnitten. Er überflog die Ausschnitte, blieb vor allem an den Headlines hängen. Sie ergaben keinen zusammenhängenden Sinn. Erst als er sich die Ausschnitte genauer anschaute, fiel ihm auf, dass in jedem Artikel, in jedem Bericht immer der Maler Gruhnau erwähnt war. Entweder mit einer Textnotiz oder mit einem Foto. Was hatte das zu bedeuten? Hatte dieser unbekannte Mann etwa den Maler im Visier? Spionierte er ihm hinterher? Fragen über Fragen flitzten in Ellermanns Kopf herum, sodass ihm richtig schwummrig wurde. Er setzte sich auf einen Stuhl in einer Ecke und betrachtete das Zimmer. Etwas kam ihm in den Sinn. Er konnte sich erinnern, dass es um Gruhnau vor nicht allzu langer Zeit das Gerücht gegeben hatte, er wäre das Ziel einer gescheiterten Entführung gewesen. Die Presse spekulierte jedenfalls in dieser Richtung. Gruhnau selbst hatte zu der Sache geschwiegen. Sollte Gruhnau jetzt wieder entführt werden? Stimmten die damaligen Gerüchte? Und wenn ja, wer stand hinter dieser Entführung? In diesem Augenblick wurde die Zimmertür geöffnet. Ellermann sprang vom Stuhl auf.

Er stand regungslos mitten im Zimmer. Ihm war klar, dass eine Flucht zwecklos war. Wohin auch? Also starrte er wie ein Kaninchen vor der Schlange zu der sich langsam öffnenden Zimmertür, in der nun die dicke Frau erschien. Sie füllte den Türrahmen fast völlig aus. Sie war mehr als überrascht, Ellermann hier in dem Zimmer zu sehen. So überrascht, dass ihr das Käsebrot, das sie in der rechten Hand hielt, fast herunterfiel. Sie schmatzte ein paar Mal wortlos – wie nach den richtigen Worten suchend.

»Sie?!«

»Ja … ich.«

»Was machen Sie hier in dem Zimmer?«

Ellermann wusste, dass ihm jetzt schnell etwas Überzeugendes einfallen sollte. Ansonsten bliebe ihm nur die Chance, an dieser Frau vorbei gewaltsam ins Freie zu stürzen.

»Ich bin hier mit meinem Bekannten verabredet. Sie erinnern sich. Ich hatte ihn gesucht.«

»Ich erinnere mich. Dieser Bekannte, von dem Sie nicht einmal den Namen wussten.«

»Nun ja, jetzt haben wir uns eben doch getroffen.«

Die dicke Frau machte aus ihrer Skepsis Ellermann gegenüber keinen Hehl. Sie stemmte die Arme in die

Hüften. Der Kittel über dem Bauch spannte sich wie ein Zeltdach.

»Und wo ist er jetzt? Ihr Bekannter?«

»Eben kurz weggangen. Er muss gleich wiederkommen.«

»Seltsam, dass ich ihn nicht gesehen habe. Und Sie im Übrigen auch nicht. Sie sind sicher nicht unten an mir vorbeigekommen.«

»Sie waren nicht da. Hätte ich vielleicht auf Sie warten sollen?«

Ellermann spürte plötzlich Oberwasser. Er hatte das starke Gefühl, dass er heil aus dieser Nummer herauskommen könnte. Und so ging er zu einer Art Gegenangriff über.

»Überhaupt – was machen Sie hier drin? Einfach reinzukommen ohne anzuklopfen?«

»Das kann ich Ihnen gerne erklären. Ein Nachbar, der Mann von der Autowerkstatt gegenüber, hat mich vor ein paar Minuten angerufen. Hier oben würde ein Mann auf dem Fensterbrett stehen und sei kurz davor zu springen. Es sehe so aus, als wolle sich da einer umbringen.«

In Ellermanns Hals wuchs ein Kloß von der Größe eines Tennisballs bis zu einer Wassermelone. Damit hatte er nicht gerechnet. Seine Kletterei war von jemandem aus der Nachbarschaft beobachtet worden.

»Unsinn. Hier ist niemand. Wer sollte sich hier umbringen wollen?«

»Nein – hier ist niemand, niemand außer Ihnen.«

»Und ich will mich nicht umbringen.«

Die Dicke schmatzte ein bisschen. Sie grinste Ellermann fies an, sodass er zusammenzuckte.

»Aber vielleicht sind Sie eingebrochen.«

»So ein Unsinn.«

»Das werden wir noch sehen.«

»Ich sag Ihnen doch, dass das Unsinn ist.«

»Das können Sie gleich der Polizei erklären. Die habe ich wegen dieses Selbstmörders angerufen, und die müsste jeden Augenblick hier sein.«

In Ellermann war dieses Gefühl von Lockerheit und Selbstsicherheit, das er gerade noch verspürt hatte, verflogen. Jetzt war die Zeit zum Handeln. Und so tat er etwas Ungewöhnliches. Etwas, was so überhaupt nicht zu ihm passte. Er ging Richtung Tür, und als die dicke Frau sich ihm in den Weg stellen wollte, drückte er sie rabiat mit beiden Armen zur Seite. Sie schrie auf.

»Hey! Bleiben Sie stehen.«

Doch Ellermann blieb nicht stehen, sondern rannte durch die offene Tür auf den Gang hinaus. Er hüpfte, so schnell er konnte, die Treppen hinunter. Fast wäre er dabei mit einem Ärmel am Geländer hängen geblieben und gestürzt.

Hinter ihm fluchte und schimpfte die Frau wie ein Rohrspatz. Doch Ellermann achtete nicht auf sie, sondern hechtete ohne Unterbrechung Stockwerk für Stockwerk nach unten. Im Erdgeschoss am Empfang angekommen, drehte er sich für einen Moment um, ohne im Laufen innezuhalten. So rannte er direkt einem anderen Menschen in die Arme. Es war ein Polizist, der soeben mit seinem Kollegen hereingekommen war.

»Hoppala. Wohin so schnell?«

Ellermann drehte sich zu dem Uniformierten und sah ihn direkt an. Der Mann hatte ein rundes Gesicht, ein Gesicht wie ein Vollmond, und strohblonde Haare. Ellermann sagte spontan etwas – ohne weiter nachzudenken.

»Tut mir leid. Ich muss zum Bus. Meine Frau kriegt ein Kind.«

Mit dem Bus zur Entbindung? Was für ein Unsinn. Der Polizist jedoch zuckte nur für einen Moment zusammen, trat dann einen Schritt zur Seite.

»Alles Gute! Und viel Glück!«

Diesen Augenblick nutzte Ellermann, um nach draußen zu gelangen. In die Freiheit. Er rannte den Bürgersteig hinunter, ohne sich nochmals umzudrehen, und bog um die nächste Ecke. Er hielt auch nicht an seinem Wagen an, weil er sich unsicher war, ob man ihn vielleicht verfolgte. So rannte er an seinem Auto vorbei. Weiter und weiter. Als er um die nächste Straßenecke gebogen war, hörte er in der Ferne ein Martinshorn.

Sieben

Erst nachdem Ellermann etwa zwei Kilometer die Straße hinuntergelaufen war, dabei sogar einen längeren Demonstrationszug gekreuzt hatte, fühlte er sich sicher. Er hielt an und lehnte sich an eine Laterne. Er war völlig ausgepumpt, so sehr, dass er sich beinahe hätte übergeben müssen, und er war vollkommen überzeugt davon, dass die dicke Frau die Polizisten gegen ihn aufgehetzt hatte. Aber er war dieser Situation entkommen. Doch würde man nun nach ihm fahnden? Was hatte er schon getan? Er war in das Gästezimmer einer Pension eingebrochen, aber er hatte nichts gestohlen! Die Polizei hatte sicher Wichtigeres zu tun, als sich um so etwas zu kümmern.

Während er darüber sinnierte, fuhr ein Streifenwagen ganz langsam an ihm vorbei. Ellermann starrte zu dem Wagen, unfähig, sich auch nur einen Meter zu bewegen. Mit einer Hand gegen den Laternenpfahl gestützt, wischte er sich mit der anderen die verschwitzten Haare aus dem Gesicht. Die beiden Polizisten in dem Streifenwagen waren mit sich selbst beschäftigt, unterhielten sich, bis die Beifahrerin plötzlich den Kopf zu Ellermann drehte. Mit einem Mal hatte er den Eindruck, dass der Wagen seine Geschwindigkeit reduzierte. Wegen ihm? Seine Beine drohten unter ihm wegzuknicken. Doch dann beschleunigte der Streifenwagen wieder, und die hübsche Polizistin auf dem Beifahrersitz schenkte ihm zum Abschied ein Lächeln. Ellermann war zu überrascht, als dass er es hätte erwidern können. Aber berührt hatte ihn dieses Lächeln schon. Es war, wenn auch nur kurz gesehen, zauberhaft gewesen.

Ellermann wollte unbedingt mit Josephine reden. Seine Versuche, sie telefonisch zu erreichen, waren gescheitert. So beschloss er, zu ihr nach Hause zu fahren. Dabei war er noch nie bei ihr gewesen. Einfach deswegen, weil sie ihn noch nie zu sich eingeladen hatte. Doch er musste sie sprechen und erinnerte sich, dass Josephine einmal einem Taxifahrer ihre Adresse genannt hatte. Normalerweise würde man sich keine Adresse merken, aber diese hatte Ellermann sich gemerkt. So eine Adresse musste man sich als Musiker merken: Beethovenweg 12.

Sieben Strafzettel erwarteten ihn hinter dem Scheibenwischer seines Wagens. Er konnte sich nur zu gut vorstellen, wie Martha diese kommentieren würde. Kurzerhand landeten die Zettel alle im nächsten städtischen Abfalleimer. Er wusste zwar, dass das sinnlos war und man ihn später anschreiben würde, aber so müsste er sich wenigstens erst in einigen Wochen damit auseinandersetzen.

Der Beethovenweg lag im grünen Viertel der Stadt. Eine ruhige Anwohnerstraße. Wenig Verkehr. Hohe Zäune. Dichte Hecken. Auch vor der Villa Nummer 12 war eine Hecke, aber sie war niedriger, so niedrig, dass Ellermann ganz gut darüberschauen konnte. Eine prächtige Villa. Jugendstil. Eine ausladende Terrasse. Hier wohnte also Josephine. Edel. Ellermann ging ein paar Schritte weiter, an der Hecke entlang. Ein schmiedeeisernes Tor, dahinter eine Treppe aus weißem Stein. Die Zimmer im Erdgeschoss waren durch schwere Vorhänge vor Blicken geschützt. Nur durch ein paar kleinere Fenster im Souterrain konnte man hineinschauen. Doch viel zu entdecken gab es dort nicht. Eine Schlafcouch. Ein Schrank, ein Tisch, ein paar Stühle. Alles eher bescheiden eingerichtet. Vielleicht ein Gästezimmer.

Das Klingelbrett am Eingang hatte zwei Klingeln. Beide ohne Namen. Ellermann drückte beide gleichzeitig. Kurzes Warten. Er wiederholte das Läuten. Doch keine Reaktion. Offenbar war niemand zu Hause. Gerade als er aufgeben wollte, hörte er eine sonore Stimme hinter sich.

»Kann man Ihnen helfen?«

Ellermann drehte sich um. Vor ihm stand ein Mann in weißem Anzug. Er war etwa vierzig Jahre alt, hatte einen Sommerhut auf dem Kopf, edle Mokassins an den Füßen. Ellermann achtete auf Schuhe. Nicht, dass sein Blick immer zuerst dahin gehen würde, aber Schuhe sind wie Visitenkarten, so seine Meinung. Der Mann trug eine sehr dunkle Sonnenbrille, und – was Ellermann erst beim zweiten Hinsehen auffiel – er hatte einen langen weißen Stock in der Hand. Er war ganz offenbar blind.

»Entschuldigung, aber ich glaube nicht, dass Sie mir helfen können. Ich wollte jemanden besuchen. Aber es ist niemand zu Hause.«

»Nein, da ist niemand zu Hause. Die sind alle in Urlaub.«

Ellermann war überrascht.

»Wie meinen Sie? Alle sind in Urlaub?«

»Na, die ganze Familie. Mit dem Hund.«

»Hier wohnt eine Familie?«

»Ja.«

Der Mann ging einen Schritt auf Ellermann zu. Er suchte seine Nähe, ganz so, als wollte er ihn erschnuppern.

»Warum wollen Sie das alles wissen, junger Freund?«

»Ich habe mich wohl in der Adresse geirrt. Ich dachte, hier wohnt eine junge Dame. Alleine.«

»Ich verstehe.«

Über das Gesicht des Blinden huschte ein Lächeln, er fasste sich kurz am Kinn.

»Vielleicht habe ich mich auch in der Hausnummer geirrt«, so Ellermann weiter. Der Blinde neigte den Kopf.

»Vielleicht kenne ich ja diese junge Dame.«

Ellermann zögerte, wusste nicht so recht, was er sagen sollte.

»Nicht vom Aussehen her, ich meine an der Stimme könnte ich sie erkennen. Können Sie mir denn die Stimme der jungen Dame beschreiben?«

Ellermann stockte. Josephines Stimme, wie klang sie? Darüber hatte er sich noch nie Gedanken gemacht.

»Nun ja, sie hat eine ausgesprochen schöne Stimme. Eine klare, helle. Manchmal überschlägt sie sich ein bisschen, wenn sie zu schnell spricht. Aber ich weiß nicht, wie ich ihre Stimme sonst genauer beschreiben könnte.«

Sein Gegenüber klopfte mit dem Stock gegen den Randstein.

»Schade. Aber ich freue mich, dass Sie verliebt sind.«

»Wie bitte?«

»Ich höre das an *Ihrer* Stimme. Einen schönen Tag noch, und alles Gute.«

Der Mann lüpfte leicht seinen Hut und ging dann den Bürgersteig hinunter. Ellermann, immer noch baff, rief ihm hinterher.

»Ihnen auch einen schönen Tag!«

Sein kleiner Ausflug in den Beethovenweg hatte ihn nicht weitergebracht. So fuhr er zurück ins Zentrum der Stadt. Die Rätsel, die sich um Josephine rankten, wurden immer zahlreicher. Und sie nahm sich einfach immer mehr Platz in seinem Leben. Ellermann schüttelte sich, und nachdem er geparkt hatte, ging er eiligen Schrittes die Straße hinunter. Er wollte sich etwas ablenken.

Schließlich setzte er sich auf eine Bank, beobachtete die Menschen um sich herum und dachte sich Geschichten zu ihnen aus. Er liebt so etwas, aber am liebsten macht er es zusammen mit Martha. Warum saß etwa die Dame mit den Lockenwicklern vor dem Damenoberbekleidungsgeschäft? Worüber hatte sich das junge Pärchen so sehr gestritten, dass es sich in aller Öffentlichkeit danach nur noch »laut« anschwieg? Wen beobachtete der alte Mann, regungslos auf ein Kissen auf dem Fensterbrett gestützt? Aus einem anderen Laden kam ein Mann mit blutiger Schürze. Ein Metzger, eine Zigarette in der Hand. Ellermann sah ihn. Den Metzger. Und damit kam der Hunger. Ein großer Hunger. Er hatte schon länger nichts mehr gegessen. Er fand, er habe sich etwas Besonderes verdient, und seine Wahl fiel auf ein exzellentes Lokal ganz in der Nähe.

Er bekam einen Tisch direkt am Fenster, sodass er auch von dort aus Passanten sehen konnte. Er war so ausgehungert, dass er sich das ganze Menü bestellte, ohne einen Gang auszulassen, dazu eine Flasche Weißburgunder. Normalerweise – bei seiner finanziellen Lage – hätte er sich so ein opulentes Mahl nicht genehmigt. Von Marthas mahnenden Worten ganz abgesehen. Sie wachte über seinen Haushalt, auch über seinen finanziellen, und wenn Ellermann ehrlich war, war das auch ganz gut so. Aber an dem Tag war es anders. Ellermann wollte sich etwas gönnen. Nach einer Weile – er war schon bei dem Dessert angelangt, einer Tarte Tatin mit Safraneis – bemerkte er, dass ihn einige andere Gäste skeptisch musterten. Mit Seitenblicken, nicht offensichtlich. Es dauerte eine Weile, bis er begriff, dass ihr Verhalten mit seiner Kleidung, seinem gesamten Auftreten zu tun haben könnte. Ellermann trug immer noch die Kleidung vom Tag zuvor, in der er darüber hinaus auch noch geschlafen hatte. Sicherlich machte er einen etwas derangierten und zerknitterten Eindruck.

Aber ihn scherten anderer Leute Befindlichkeiten in dieser Situation überhaupt nicht, sondern er genoss einen Schluck des köstlichen Dessertweins, den ihm der Sommelier zum krönenden Abschluss noch empfohlen hatte. Einen Muskateller.

Bisweilen lächelte Ellermann scheinbar grundlos in die Runde. Wenn man ihn schon für kauzig, ja vielleicht für bekloppt halten wollte, dann richtig. Im Grunde genommen fühlte er sich so leicht und unbeschwert, als hätte er Drogen genommen. Dabei hatte er in seinem Leben noch nie etwas Derartiges wie Haschisch oder Kokain ausprobiert. Die Musik, das ist seine Droge. Auch wenn manche der Gäste etwas pikiert schienen, so schätzte Ellermann umso mehr den dezenten wie freundlichen Service der Kellner. Neben der horrenden Rechnung ließ er deswegen den Rest seiner Barschaft als Trinkgeld da. Und das war überaus fürstlich. Leider war er danach völlig pleite.

Gut angetrunken fuhr er nach Hause. Und als hätte das Schicksal den Eindruck, dass er bei ihm etwas guthat, wurde er bei einer Polizeikontrolle durchgewunken. Es war die junge Polizistin, die ihm schon aus dem fahrenden Wagen heraus ein Lächeln geschenkt hatte. Dieses Mal lächelte er zurück. Ein magischer Moment war das.

Als er die Haustür aufschloss, kam ihm Martha mit ausgebreiteten Armen entgegen. Die Begrüßung selbst fiel weniger körperlich aus. Sie haben es beide im Allgemeinen nicht so sehr mit zu viel physischer Nähe.

Nicht weil sie sich nicht mögen, sondern vielmehr sogar aus einem gewissen Respekt füreinander. Das zu sehr Kumpelhafte liegt ihnen nicht.

Ellermann war klar, dass Martha ihn wie ein ungezogenes Kind empfangen würde, das die mütterliche Sperrstunde überzogen hatte. Und genauso war es. Auch wenn Martha aus ihrer Erleichterung keinen Hehl machte, dass Ellermann wieder wohlbehalten zu Hause war, sparte sie nicht an Vorhaltungen. Wo waren Sie nur so lange? Warum haben Sie mich nicht angerufen? Warum sind Sie nicht ans Telefon gegangen? Ellermann wusste, dass all diese Fragen auf ihn zukommen würden. Antworten hatte er nur wenige, aber er wollte Martha ausführlich erzählen, was ihm passiert war.

Nur zunächst – so Martha in einem Ton, der keinen Widerspruch duldete – müsse Ellermann auf jeden Fall etwas essen. Er müsse doch völlig ausgehungert sein. Und deswegen habe sie etwas für ihn gekocht. In wenigen Minuten sei alles fertig. Sie strahlte über das ganze Gesicht. Ellermann lächelte, innerlich war ihm zum Heulen zumute. Vor allem als Martha weiter ausführte, was sie alles Köstliches vorbereitet hätte: Bohnensuppe nach Fiorentiner Art, Pasta mit Walnüssen und Trüffeln, Tafelspitz mit cremigem Spinat und frisch gehobeltem Meerrettich. Seine Leibspeisen, alles Gerichte, bei denen ihm normalerweise das Wasser im Mund zusammenlief. Aber jetzt war er völlig satt, abgefüllt mit dem wunderbaren Essen, das er sich gerade erst in einem der besten Restaurants der Stadt genehmigt hatte. Er warf einen kurzen Blick an seinem Körper nach unten, aber noch hielt der Gürtel. Martha bemerkte seinen Blick sofort. Natürlich.

»Oder haben Sie etwa schon gegessen?«

Ellermann musste nur eine Millisekunde nachdenken, dann kam seine Antwort prompt, wie aus der Pistole geschossen.

»Nein, natürlich nicht. Wie könnte ich …!«

Er gab sich entrüstet. Denn er war gerührt. Und wenn er ihr sein Mahl gebeichtet hätte, dann hätte er ihr auch beichten müssen, wo er gespeist hatte, und ihm war klar, dass dieses Geständnis eine wahre Flut von Vorwürfen nach sich gezogen hätte. Dafür sei also Geld da! Und so weiter. Besser verschwieg er Martha seinen kulinarischen Ausflug und nahm in der Küche am großen Holztisch Platz. Sie hatte mit weißem Tuch gedeckt. Das gute Silberbesteck aus Großvaters Bestand und die geschliffenen Kristallgläser. Zuerst trug Martha die Suppe auf. Für sich selber allerdings nicht. Es lag auch nur ein Gedeck auf dem Tisch.

»Essen Sie nichts, Martha?«

»Nein, ich habe vorhin schon gegessen.«

Ellermann schluckte. Das hatte er auch.

»Und überessen will ich mich nicht. Das habe ich einmal getan in meinem Leben, und so etwas will ich nicht noch mal durchmachen. Ich kann Ihnen gar nicht sagen, wie schlecht mir damals war.«

Ellermann nickte verkrampft stoisch und scheinbar verständnisvoll wie eine Marionette, von Fäden geführt.

»Aber ich setze mich gerne dazu und trinke mit Ihnen ein Glas. Denn wir haben einiges zu erzählen.«

Ellermann schilderte seiner Haushälterin all seine Erlebnisse, wobei sie hier und da nachfragte, sich jedes Detail genau erklären ließ. Auch wenn Martha eine Frau ist, die so schnell nichts aus der Ruhe bringt, so war sie doch von der Geschichte beeindruckt, wie es Ellermann gelungen war, aus der Pension zu entkommen. Sie hatte natürlich keine Idee, wer der unbekannte Mann sein könnte, der dort als Gast abgestiegen war. An die Geschichte mit der angeblichen Entführung vor einiger Zeit konnte sie sich auch erinnern. Allerdings habe sie damals so ihre Zweifel an der Richtigkeit gehabt. Vielleicht war das auch nur eine List von Gruhnau, um mal wieder in die Medien zu kommen. Ausschließen könne man natürlich nichts. Dann wechselten sie das Thema – hin zu Josephine.

»Josephine hat sich bei mir gemeldet. Sie hat im Übrigen auch mehrfach versucht, Sie zu erreichen, Ellermann.«

»Ich weiß.«

»Und warum sind Sie dann nicht hingegangen?«

»Vielleicht weil ich andere Probleme hatte.«

Ellermann fühlte sich bei Marthas leicht vorwurfsvollem Unterton ungerecht behandelt und spielte mit den Fingern laut auf der Tischplatte herum.

»Wie auch immer. Sie kommt sowieso später vorbei.«

»Was? Wo?«

»Hierher.«

Martha trug den leeren Suppenteller weg, und kurz darauf stand dampfende Pasta vor Ellermann, köstlich duftend. Schweiß trat ihm aus jeder Pore, und er musste an einen alten Schwarz-Weiß-Film denken. In diesem Film hatte sich der Hauptdarsteller übergessen und war danach tagelang in einen komatösen Zustand gefallen. Ellermanns Gabel neigte sich nach unten, in den Pastateller.

»Schmeckt es Ihnen nicht?«

»Doch, doch.«

Er drehte die Gabel in den Nudeln. Dann nahm er einen Bissen.

»Aber was will Josephine hier? Ich habe Ihnen doch gerade erzählt, dass sie sich völlig rätselhaft verhalten hat.«

»Sie ist eine Frau. Wir Frauen machen das öfter, uns rätselhaft zu verhalten. Und das ist auch gut so.«

»Aber was hatte sie in der Pension zu suchen?«

»Was weiß ich? Vielleicht wollte sie Geld wechseln für den Parkscheinautomaten.«

»Das glauben Sie doch selber nicht.«

Martha blickte trotzig, aber unsicher auf die Tischplatte. Es gab nur selten solche Momente zwischen den beiden. Momente, in denen sie nicht wusste, was sie sagen sollte. Sie schwieg. Ellermann musterte sie für einen Moment.

»Martha, ich habe Ihnen alles erzählt. Aber nun müssen Sie auch mit der Sprache rausrücken. Was gibt es bei Ihnen?«

»Josephine hat eine Belohnung ausgesetzt. Auf die Wiederbeschaffung von Lotto.«

»Wie viel?«

»Zehntausend Euro.«

»Was?«

»Zehntausend. Das ist doch eine Menge Geld!«

»Ja, eben.«

Ellermann rutschte die Gabel aus den Fingern in die Pasta, sodass etwas von der Soße auf die Tischplatte spritzte. Und auf sein Hemd, wie er ärgerlich registrierte.

»Zehntausend Euro für einen Mops?!«

»Erstens sind Möpse ganz wunderbare kleine Hunde. Und außerdem scheint Gruhnau sehr an dem Tier zu hängen. Er kommt wohl eher von seiner Reise zurück, als er ursprünglich geplant hatte. Und Josephine will ihn auf keinen Fall enttäuschen. Bis dahin muss der Hund wieder aufgetaucht sein.«

»Aber, Martha, es wird immer klarer. Mit Josephine stimmt etwas nicht. Wie kann man nur so viel Geld ausgeben? Dafür muss es doch einen Grund geben.«

»Wenn man Geld hat, kann man viel ausgeben. Aber wenn man keins hat ...«

Sie wackelte betont mit dem Kopf. Ellermann stocherte mit der Gabel in der Pasta herum.

»Ich weiß, dass meine finanzielle Situation nicht gerade rosig ist.«

»Das ist ziemlich untertrieben. Außerdem habe ich schon eine Idee, wo der Hund sein könnte. Er wurde nämlich gesehen.«

»Von wem?«

»Von einer Freundin von mir.«

»Wie? Ein Mops ist ein Mops. Die sehen alle gleich aus.«

»Aber es gibt sicher nicht viele, die Lotto gerufen werden.«

»Es hat ihn jemand gerufen? Lotto? Mit seinem Namen?«

»Allerdings.«

»Und wo hat Ihre Freundin ihn gesehen?«

»Im Stadtpark.«

Jetzt war Ellermann doch überrascht. Diese Geschichte verwirrte ihn so, dass er ganz vergaß, einzuschreiten, als Martha mit dem Hauptgang weitermachte. Der Tafelspitz sah göttlich aus. Ellermann war schlecht. Er hatte das Gefühl, dass es ihn jeden Moment in tausend kleine Teile zerreißen könnte.

»Jemand, der den Hund kennt, hat ihn also. Er weiß zumindest, wie er heißt.«

»Ja.«

»Hat denn Ihre Freundin diesen jemand beschrieben?«

Ellermann musste unwillkürlich an den Mann denken, den er in der Nähe von Gruhnaus Anwesen gesehen hatte. Den Mann mit den vielen Hunden.

»Sie konnte nicht sehr viel sagen. Nur dass er lange, wirre Haare hatte. Und er ihr ziemlich abgerissen erschien.«

Ellermann schaute nachdenklich auf das dampfende Fleisch vor sich auf dem Teller. Martha bemerkte es.

»Haben Sie eine Idee?«

»Vielleicht ist es der Mann, der in dem Wald hinter Gruhnaus Haus wohnt.«

»Aha …!«

»Aber das letzte Mal habe ich keinen Mops dort gesehen.«

Eine Stunde später hatte Ellermann fast alles aufgegessen, was ihm Martha aufgetischt hatte. Nur bei der Nachspeise – Panna Cotta nach einem Rezept einer entfernten italienischen Verwandten, einer angeheirateten Cousine aus Palermo – hatte sein Körper letztlich gestreikt. Ein Schluckauf rettete ihn vor weiteren Nachfragen. Und davor, dass die Panna Cotta ihm aus den Ohren lief.

Nach dem ausgiebigen Mahl legte Ellermann sich auf das Sofa. Er atmete schwer, aber regelmäßig. Er schwitzte, was Martha natürlich nicht lange verborgen blieb.

»Was ist mit Ihnen? Sie werden mir doch nicht krank.«

»Nein, nein. Das kann ich mir ja gar nicht erlauben. Ich muss ja den Hund wiederbeschaffen.«

Was Ellermann ironisch gemeint hatte, war für Martha allerdings völliger Ernst.

»Da haben Sie recht.«

Ellermann lächelte müde. Sein Körper fühlte sich an, als würde in ihm gerade ein hochexplosives Gemisch zusammengebraut. Martha blickte auf die Uhr.

»Ich weiß auch nicht, wo Josephine bleibt. Sie wollte schon lange hier sein.«

Ellermann lächelte mühsam und hielt sich dabei den Bauch. Martha war inzwischen kurz im Flur verschwunden und hatte sich ihren Mantel übergeworfen.

»Ich muss jetzt leider gehen.«

»Grüßen Sie Ihren Mann herzlich von mir.«

»Das mach ich. Gute Nacht. Bis morgen. Und wenn etwas sein sollte, dann rufen Sie mich an. Mein Handy bleibt die ganze Zeit eingeschaltet.«

Ellermann nickte und brachte Martha zur Tür. Er schaute ihr nach, bis die Rücklichter ihres kleinen Wagens nicht mehr zu sehen waren und die rote Rostlaube um die Hecke gebogen war. Als er die Haustür schon wieder schließen wollte, merkte er, dass sich ein Wagen näherte und vor dem Haus hielt. Es war aber nicht Josephine, die ihm einen Besuch abstatten wollte. Es war eine große schwarze Limousine. Ein Mann in einem dunklen Anzug stieg aus. Ellermann kannte diesen Mann.

Acht

Der Name des Mannes war Gerhard Bürger. Etwa sechzig Jahre alt, nicht dick, aber ein bisschen untersetzt. Bürger trug wie immer Anzug, Weste, Krawatte. Ein freundlicher, wenn auch nie überschwänglicher Zeitgenosse, der dezent wie diplomatisch und sicherlich auch diskret ist. So einen Menschen in der Umgebung des taffen Unternehmers Schallansky zu erleben mag im ersten Moment eine Überraschung sein. Doch mehr als nur ein einfacher Chauffeur, hilft Bürger, in der Öffentlichkeit ein positives Bild der Schallansky AG und ihres Chefs zu vermitteln.

Ellermann mochte den Mann sofort. Als er das erste Mal von ihm mitgenommen wurde, wählte dieser Ellermanns Lieblingswalzer von Chopin als Begleitmusik beim Fahren aus. Im Laufe der Zeit sind sich die beiden immer wieder mal begegnet. Der Ton war stets freundlich, aber keinesfalls kumpelhaft und immer mit einer angenehmen Distanz, wie Ellermann es empfand. Und er hatte das untrügliche Gefühl, dass auch Bürger ihn ähnlich sympathisch fand wie er ihn.

Bürger stieg aus, kam ein paar Schritte in Richtung Ellermann und deutete eine kleine Verbeugung an.

»Guten Abend, Herr Ellermann, ich hoffe, es geht Ihnen bestens.«

»Danke. Und Ihnen?«

»Ich kann nicht klagen, vielen Dank.«

»Was kann ich für Sie tun?«

»Herr Schallansky würde sich freuen, wenn Sie ihm einen kleinen Besuch abstatten würden.«

»Herr Schallansky …?«

»Ja. Ich würde Sie hinbringen, und natürlich danach auch wieder nach Hause. Es würden Ihnen also diesbezüglich keine Unannehmlichkeiten entstehen.«

»Und was will er von mir?«

»Darüber bin ich leider nicht infomiert.«

Ellermann war mulmig, sein Magen rumorte, und das nicht nur, weil er in kurzer Zeit alleine die Essensmenge für eine Kleinfamilie verzehrt hatte. Ellermann sah neue Schwierigkeiten auf sich zukommen. Er konnte sich nicht vorstellen, dass ein Besuch bei Schallansky irgendetwas Positives mit sich bringen könnte. Schon gar nicht nach dem Tod von dessen Frau Tatjana. Ellermans Lust, dorthin zu fahren, bewegte sich entsprechend gegen null.

»Seien Sie mir nicht böse, Herr Bürger, aber ich habe einen anstrengenden Tag hinter mir und ich wollte das Haus heute nicht mehr verlassen.«

Bürgers Antwort war ein etwas angespanntes Lächeln sowie ein Ziehen an der Krawatte.

»Seien Sie mir nicht böse, Herr Ellermann. Aber Herr Schallansky wäre sehr enttäuscht, wenn Sie sein Angebot nicht annähmen.«

Ellermann verstand, dass ein Angebot von Schallansky mehr eine Art Aufforderung war, der man besser Folge leistete. Dieser Mensch ist einflussreich, mächtig und kann nachtragend sein. Nach einem weiteren Moment konzentrierten Nachdenkens fügte sich Ellermann in sein Schicksal und nickte Bürger zu.

»Gut, warten Sie. Ich komme gleich.«

»Das ist sehr freundlich von Ihnen, Herr Ellermann. Ich warte am Wagen.«

Auf der Fahrt von Ellermanns Haus zu der Privatvilla von Schallansky sprachen die beiden nur wenig miteinander. Ellermann sagte nichts, weil ihm leicht unwohl war, und Bürger nicht, weil er von sich aus nie einen Menschen ansprechen würde. Zumindest nicht, solange er im Dienst ist.

Schallansky empfing Ellermann persönlich an der Tür und führte ihn in den Rauchersalon. Ellermann rauchte zwar nicht, aber Schallansky liebte dicke Zigarren und nahm auch keine Rücksicht auf seinen Gast. In einem ausführlichen Ritual wurde die Zigarre zurechtgeschnitten und anschließend mit einem Halm aus Zedernholz stilvoll angezündet. Erst dann bot er Ellermann einen Platz in einem der Ledersessel an. Die Sitzecke wirkte, als sei sie vor einigen Jahrzehnten aus einer englischen Kolonie in Afrika gebracht worden. Gott sei Dank fehlte das obligatorische Löwenfell auf dem Boden. Dafür hingen an den Wänden großflächige Schwarz-Weiß-Fotos, die alle verschiedene Ansichten des Kontinents zeigten. Es waren geschmackvolle Fotos, künstlerisch. Ellermann gefielen sie. Er war noch nie in diesem Raum gewesen. Wenn er zum Unterricht zu Tatjana Schallansky gekommen war, war er immer sofort in ihr privates Wohnzimmer geführt worden, in dem der Flügel stand. Platz gab es genug in dieser Villa.

Schallansky zog ein paar Mal an seiner Zigarre, während Ellermann am Wasser nippte, das er sich hatte bringen lassen. Zu irgendetwas anderem wäre sein Körper nicht in der Lage gewesen. Ein kurzer Moment des Schweigens wurde zwischen den beiden Männern mit dem Rauch der Zigarre gefüllt. Ellermann musste husten. Schallansky kam ohne Umschweife zur Sache, nachdem ihm Ellermann sein Beileid zum Ausdruck gebracht hatte.

»Herr Ellermann, Sie wissen, dass bei mir eingebrochen wurde?«

Ellermann zögerte, das kam arg plötzlich, und er wusste nicht, wohin diese Reise gehen sollte.

»Ich habe davon gelesen. In der Zeitung. Aber viel weiß ich nicht.«

»Nun, es ist so ... es wurde in die Villa, genau genommen in den Safe meiner verstorbenen Frau, eingebrochen.«

Ellermann drehte sein Wasserglas hin und her und nahm schließlich noch einen weiteren, kleinen Schluck. Er behielt das Glas in der Hand.

»So weit stand es in der Zeitung. Das war in der Nacht, in der Ihre Frau ... ermordet wurde?«

»Genau.«

Schallansky zog an der Zigarre. Zwei Ringe schwebten durch den Raum.

»Haben Sie irgendeine Idee, wer es gewesen sein könnte?«

Ellermann verschluckte sich fast an dem Schluck Wasser, den er gerade trank.

»Ich?«

»Ja, Sie.«

»Woher sollte ich?«

»Herr Ellermann, haben Sie etwas mit dem Einbruch zu tun?«

Ellermann war ehrlich entgeistert. Er stellte das Glas mit zittrigen Händen ab – auf einen Hocker aus Edelholz, der in seiner Form an einen Elefantenfuß erinnerte.

»Nein. Oh mein Gott. Wie kommen Sie darauf?«

»Ich habe meine Anhaltspunkte.«

»Was für Anhaltspunkte? Ich bitte Sie, das kann nur ein Missverständnis sein.«

»Vielleicht ja, vielleicht nein.«

Schallansky streifte etwas Asche von der Zigarre in einen Aschenbecher aus Metall.

»Sehen Sie, Herr Ellermann, ich bin ein freundlicher und umgänglicher Mensch, auch wenn mir manchmal ein anderer Ruf vorauseilt. Deswegen frage ich Sie noch mal. Haben Sie etwas mit diesem Einbruch zu tun?«

»Nein. Ich verstehe Sie überhaupt nicht. Wie kommen Sie darauf?«

»Ich werde ungern bestohlen, und ich will mir das, was man mir gestohlen hat, wiederholen.«

»Was wurde denn gestohlen?«

Schallansky musterte sein Gegenüber, so, als frage er sich, ob er ihm glauben könnte.

»Schmuck und Juwelen, die ich meiner Frau geschenkt habe.«

Er drehte die Zigarre in seiner linken Hand, während die rechte nach dem Whiskyglas griff. Er nahm einen Schluck.

»Und wenn meine Frau bestohlen wird, dann ist das so, als würde man mich persönlich hintergehen. Letztendlich gehört mir sowieso alles.«

Ellermann überlegte, ob es nicht an der Zeit wäre, sich doch eine Zigarre geben zu lassen. Er hätte sie gut gebrauchen können. Eine Zigarre, an der er sich festhalten hätte können.

»Ich denke, Sie sind ein Ehrenmann, Herr Ellermann. Und ich wünsche mir von ganzem Herzen, dass ich mich in dieser Einschätzung nicht täusche. Ich würde sehr bedauern, wenn sich meine Einschätzung als falsch herausstellen sollte. Ich will keinen Hehl daraus machen: Das würde Ihnen nicht gut bekommen.«

Ellermann strich seine nassen Hände an seiner Stoffhose ab, sodass sie ein paar feuchte Flecken hinterließen. Er versuchte zu lächeln. Dabei blickte er sich unsicher im Raum um. Er hatte keinen Grund zur Unsicherheit, aber allein diese Fragen irritierten ihn. Sein Blick blieb an einem Jagdgewehr hängen, das dekorativ über einer Tür hing. Daneben ein Krummdolch.

»Jetzt darf ich Sie aber auch etwas fragen?«

»Bitte.«

»Wie kommen Sie nur darauf, dass ich etwas mit einem Einbruch und einem Diebstahl in Ihrem Haus zu tun haben könnte?«

»Vielleicht, weil Sie sich hier sehr gut auskennen. Besser jedenfalls, als ich immer dachte.«

»Ich verstehe nicht.«

»Sie verstehen nicht?«

Ellermann schüttelte trotzig den Kopf, fast so wie ein Kind, das vom Lehrer fälschlicherweise wegen eines Streiches verdächtigt wird.

»Weil Sie der Liebhaber meiner Frau waren. Vielleicht haben Sie meine Frau ausgehorcht, was ...«

»Moment mal, was sagen Sie da? Ich war doch nicht der Liebhaber Ihrer Frau.«

»Rührend, dass Sie es abstreiten, aber die Dinge liegen klar auf der Hand.«

In Ellermann spielte ein ganzes Orchester wilde, neutönerische Musik. Es schepperte in ihm. Er schüttelte heftig den Kopf.

»Wie kommen Sie nur darauf?«

»Tatjana selbst hat Indizien hinterlassen. Sicher unfreiwillig, aber sie war auch nicht sehr vorsichtig in solchen Dingen.«

Ellermann dachte zurück an das Ansinnen von Tatjana Schallansky, mit dem sie eines Tages an ihn herangetreten war. Sie wollte, dass er sich als Alibi zur Verfügung stellte. Es hatte einen anderen Mann in ihrem Leben gegeben, aber er war es nicht gewesen. Verdammt, das war er nicht. Vielleicht hatte sie manchmal angegeben, dass sie zu ihm zum Klavierunterricht fährt, war aber in Wirklichkeit zu ihrem Geliebten gefahren. Und bei ihrer Rückkehr waren Schallansky Veränderungen an seiner Frau aufgefallen. Vielleicht der fremde Duft eines Männerparfüms, vielleicht eine Veränderung in ihrer Kleidung. Es konnte vieles passiert sein, was Schallansky zu diesem falschen Verdacht trieb. Ellermann wollte diesen Verdacht unbedingt ausräumen.

»Herr Schallansky, hören Sie …«

»Sparen Sie sich Ihre Worte. Hören Sie. Ich habe Tatjana geliebt, aber für mich hat Liebe nichts mit Besitzen zu tun. Auch wenn ich sie geliebt habe, war sie nicht die einzige Frau in meinem Leben. Also warum sollte ich ihr das nicht auch zugestehen. Sich einen Liebhaber zu nehmen.«

Ellermann war wahrlich beeindruckt von Schallanskys Offenheit und Direktheit. Diese plötzliche Ehrlichkeit – was sein Leben betraf – konnte nur bedeuten, dass der Mann wirklich davon ausging, den Liebhaber seiner verstorbenen Ehefrau vor sich zu haben.

»Tatjana suchte Sensibilität und einen Menschen, der sie mit Gefühlen umgarnen konnte. Und Sie konnten das. Sie sind ein großer Pianist. Ich habe mal gehört, was Sie für sie gespielt haben. Ich verstehe nichts von Musik, aber es hat mich berührt.«

»Was haben Sie gehört?«

Wenn es um seine Musik geht, sein Klavierspiel, wird Ellermann immer sofort hellhörig. Er will nicht, dass man ihm zuhört. Nicht heimlich. Nicht öffentlich. Überhaupt nicht.

»Sie hat Ihre Musik aufgenommen, als Sie eines Nachts hier improvisiert haben. Und ich habe es mir später heimlich angehört. Ich wollte wissen, welche Musik meine Tatjana so wunderbar berühren konnte.«

Ellermann ballte unmerklich seine Hand zur Faust. Das hätte Tatjana nicht tun dürfen. Wenn er schon gespielt hatte – für sie gespielt hatte –, dann nur für sie, und aus einer augenblicklichen Stimmung heraus. Sie hätte das niemals aufnehmen dürfen. Er schwieg.

»Ich verzeihe Ihnen, Herr Ellermann.«

»Es gibt nichts zu verzeihen, weil ich nicht der Liebhaber Ihrer Frau war. Nie.«

»Seltsam. Es gibt etliche Hinweise.«

»Was denn für Hinweise?«

»Die werde ich Ihnen nicht noch darlegen. Warum auch?«

Ellermann überlegte, ob er Schallansky darüber aufklären sollte, worum ihn Tatjana gebeten hatte. Aber dann entschied er sich dagegen. Der Mann würde ihm so oder so nicht glauben. Und einer Toten sollte man ihre Ruhe gönnen. Schallansky überraschte ihn. Nicht nur weil er ihn fälschlich verdächtigte, sondern weil er sich plötzlich als ein Mensch mit Gefühlen präsentierte oder das jedenfalls glaubhaft vorgab. Der Unternehmer stand auf und wenn Ellermann sich nicht täuschte, hatte er sogar ein paar Tränen in den Augen. Gerade als Schallansky noch etwas zu Ellermann sagen wollte, klingelte sein Handy. Verärgert nahm er es aus der Tasche seines Jacketts. Er warf einen Blick auf das Display und Ellermann konnte eine Verunsicherung in den Augen seines Gegenübers bemerken. Schallansky zögerte, das Handy klingelte weiter, dann nickte er Ellermann zu.

»Entschuldigen Sie mich einen Augenblick!«

Mit diesen Worten ließ er Ellermann alleine in dem Raum zurück und eilte hinaus. Dieser blickte ihm nach und stand dann langsam auf. Er tat ein paar Schritte an die große Fensterscheibe des Salons und blickte hinaus in den prächtigen Garten, den er in der Dunkelheit mehr erahnen denn wirklich sehen konnte. Doch das, was er erahnte, wirkte beeindruckend. Ellermann dachte an die Zeiten mit Tatjana. Er hatte noch nie einen Blick in den Garten geworfen. Warum nicht? Er erinnerte sich, dass in Tatjanas Räumen immer die Vorhänge verschlossen waren. Selbst abends und nachts. Diese Frau lebte in einer Dunkelheit. Einer Dunkelheit, die sie wohl liebte.

Sinnierend ließ Ellermann seinen Blick hin- und herwandern. Warum hatte ihn Schallansky hierherbringen lassen? Was bezweckte er mit diesem Gespräch? Vielleicht dachte er wirklich, dass er der Liebhaber seiner Frau gewesen war? Aber was erwartete er sich? Ellermann konnte sich nur einen Reim darauf machen. Schallansky wollte wissen, wie er, Ellermann, auf die Anschuldigung reagieren würde. Er überlegte. Er war mit sich ganz zufrieden.

Wieder blickte er in den Garten, bis er an etwas hängenblieb, das ihn irritierte. Da war etwas in der Nacht, etwas, was glühte. Ein heller Fleck, der unruhig herumtanzte. Ellermann drückte vorsichtig den Riegel nach unten und schob die Glastür zur Seite. Er konnte nun – ohne das spiegelnde Glas dazwischen – besser sehen, und was er sah, ließ ihn unruhig werden. Der helle Fleck in der Nacht schien die Spitze einer Zigarette zu sein. Dort hinten an der Hecke, die den Garten der Villa begrenzte, stand ein Mann im Dunkeln. Er rauchte, und er telefonierte. Jedenfalls schien er leise zu sprechen, auch wenn Ellermann auf die Entfernung nicht verstehen konnte, was er sagte. Er lauschte angestrengt in die Nacht. Der Mann schien ihn nicht bemerkt zu haben. Gerade als Ellermann einen Schritt nach draußen machen wollte, hörte er hinter sich eine Stimme. Es war Bürger.

»Herr Ellermann, darf ich Sie jetzt nach Hause bringen? Herr Schallansky bittet Sie um Entschuldigung, aber er hat einen anderen Termin, den er wahrnehmen muss.«

Ellermann drehte sich von der Scheibe und der Zigarette in der Dunkelheit dort draußen zu Bürger um und nickte.

»Gut, fahren wir, Herr Bürger.«

Als sie das Grundstück verließen, sah Ellermann in die Richtung, in der er den Mann mit der Zigarette gesehen hatte. Dort stand ein Motorrad. Er bat Bürger, kurz zu halten, was dieser auch tat, um dann einen kleinen Schlenker zu dem Motorrad zu machen. Ein Mann stieg auf, startete die Maschine und fuhr weg. Auch in der Dunkelheit der Nacht konnte Ellermann dennoch erkennen, dass der Mann rote Stiefel trug. Auffällige rote Stiefel.

»Danke, Herr Bürger. Wenn Sie mich jetzt bitte nach Hause bringen.«

»Aber natürlich.«

Der Wagen rollte los. Ellermann dachte an den Motorradfahrer und an etwas, was Tatjana mal in einem Nebensatz verraten hatte. Besser gesagt, sie hatte mit jemandem telefoniert, leise, aber nicht leise genug. Sie bat diesen Menschen am anderen Ende der Telefonleitung, mit dem Motorrad vorsichtig zu sein, vorsichtig zu fahren. Ellermann wollte das Telefonat nicht belauschen, aber er hörte die letzten Worte, als er den Raum betrat. Tatjana bemerkte ihn nicht. Das Telefonat war vertraulich. Mehr als das. Es war von einer starken Intimität. Das spürte Ellermann. Tatjana merkte natürlich, dass Ellermann wohl etwas gehört hatte, aber sie ging nicht weiter darauf ein. Er auch nicht. Stillschweigendes Übereinkommen.

Der Wagen rollte nun langsam und ruhig die Straße entlang. Ellermanns Blick verlor sich in der nächtlichen Dunkelheit.

»Kannten Sie den Mann, Herr Bürger?«

»Welchen Mann meinen Sie?«

»Den Mann auf dem Motorrad?«

»Tut mir leid, aber ich habe ihn nicht weiter gesehen.«

»Klar, Sie müssen sich ja aufs Fahren konzentrieren.«

Bürger sagte nichts weiter darauf. Er schwieg, wie Ellermann, der an Tatjana dachte. An das Geheimnis ihres Todes, und an die Geheimnisse ihres Lebens.

Neun

Bürger nahm auf dem Rückweg eine etwas andere Route als auf dem Hinweg. Ellermann war das recht. Dieses Mal fuhren sie mehr durch die Natur, einsame Straßen entlang. Es waren fast keine anderen Autos unterwegs. Wenig Verkehr. Auch im Wageninnern herrschte Ruhe und Stille, denn Bürger ließ keine Musik laufen. Auch das war Ellermann recht, konnte er doch umso mehr seinen Gedanken nachhängen. Der Auftritt von Schallansky hatte ihn verwirrt und verwundert. Es war schon seltsam, dass der Mann ihn so direkt bezüglich seines Verdachts angesprochen hatte. Ellermann musste schmunzeln. Für ihn war die Vorstellung, dass Tatjana und er ein Paar gewesen sein könnten, sehr abwegig. Aber das konnte Schallansky nicht wissen. Auch wenn er behauptet hatte, seine Frau geliebt zu haben, so kannte er sie vielleicht gar nicht richtig. Vielleicht war sie für ihn nur ein geliebtes Schmuckstück. Mehr nicht. Ellermann hatte den Eindruck, dass der plötzliche Tod seiner Frau den Mann berührte, aber dass er sich größere Sorgen um dieses Diebesgut machte. Den Schmuck. Die Juwelen. Das, was man seiner Frau gestohlen hatte. Und damit ihm gestohlen hatte. Schallansky war schon ein seltsamer Zeitgenosse.

Die Limousine glitt leise und langsam durch die nächtliche Landschaft. Bürger blickte zuweilen in den Rückspiegel, sodass er Ellermann sehen konnte. Einmal trafen sich ihre Blicke. Ellermann spürte eine starke Müdigkeit in sich aufsteigen, während sein Magen sich im Laufe der Zeit wieder beruhigt hatte. Ein Wunder. Er legte den Kopf gegen die kalte Seitenscheibe, die Kühle tat ihm gut. Das Pochen in den Schläfen, das er gerade noch verspürt hatte, ließ nach. Seine Gedanken kreisten um diese Geschichten, die sich mit aller Wucht in sein Leben drängten. Der Mops war immer noch verschwunden, aber andere Facetten hatten sich in den Vordergrund geschoben. Das Schicksal der schönen Tatjana ließ ihm keine Ruhe. Wer hatte sie erschossen? Und warum? Und welches Geheimnis umgab sie?

Bürger ist ein umsichtiger und vorsichtiger Fahrer, wie Ellermann schon früher festgestellt hatte. Er bog mit der Limousine in die kleine Straße ein, die in ein paar Kilometern fast auf direktem Weg zu Ellermanns Haus führte. Bürger schaute in den Rückspiegel, dieses Mal nicht so, dass er Ellermann ins Blickfeld bekam, vielmehr, so schien es, um die Straße hinter sich zu kontrollieren. Ellermann räusperte sich. Er wusste, dass es ein aussichtsloses Unterfangen sein würde. Bürger war zu diskret. Aber er wollte es zumindest versuchen, hatte er doch eine Vermutung.

»Sagen Sie, Herr Bürger, darf ich Sie mal etwas fragen?«

»Aber natürlich, Herr Ellermann.«

»Sie wissen, dass Tatjana Schallansky sich mit einem anderen Mann getroffen hat? Davon gehe ich zumindest aus.«

Bürger schwieg, und sein Schweigen war zugleich viel- wie nichtssagend, aber Ellermann wollte nicht so schnell aufgeben.

»Und sicherlich wissen Sie auch, dass man mich in Verdacht hat. Ich soll der geheimnisvolle Mann im Leben von Tatjana Schallansky gewesen sein. Aber ich war es nicht.«

Wieder nur Schweigen von vorne. Bürger schaltete einen Gang herunter, vielleicht auch, um etwas Zeit zu gewinnen. Dann blickte er nochmals in den Rückspiegel.

»Das weiß ich, Herr Ellermann.«

»Aber es gibt diesen Mann? Und Sie kennen auch seine Identität?«

»Frau Schallansky war eine wunderbare Frau. Aber sie hatte kein schönes Leben.«

Ellermann ließ diesen Satz auf sich wirken, dann lehnte er sich etwas zu dem Chauffeur vor.

»War sie krank? Schwer krank?«

»Darüber will ich nicht sprechen.«

Ellermann musste spontan lachen. Ein eher verzweifeltes, leises Lachen.

»Sie sprechen allgemein nicht gerne über etwas oder jemanden, Herr Bürger?«

»Sehr wohl. Aber das gilt auch für unsere Unterhaltung. Auch darüber würde ich einem Dritten gegenüber nie ein Wort verlieren.«

»Das schätze ich an Ihnen. Aber andererseits müssen Sie mir meine Neugier verzeihen. Ich bin in eine Geschichte hineingeraten, in der ich mich verloren habe.«

»So, wie ich Sie einschätze, werden Sie noch die richtigen Lösungen finden.«

»Es ehrt mich, dass Sie so denken. Das hilft mir im Augenblick allerdings so gar nicht weiter. Es sei denn, Sie können mir helfen. Und wollen das auch.«

Jetzt musste Bürger schmunzeln, allerdings verdunkelte sich seine Miene kurz darauf mit einem Mal. Ellermann wollte beim Thema bleiben.

»Tatjana Schallansky – war sie krank?«

Bürger nickte unmerklich, dann setzte er sich plötzlich auf, drückte den Rücken gerade und umklammerte das Lenkrad mit beiden Händen fester.

»Vorsicht! Festhalten!«

Mit einem Mal riss er das Steuer herum und ratterte mit der Limousine von der Straße hinunter nach rechts in einen kleinen Waldweg hinein. Die Limousine holperte auf der Schotterstraße. Ellermann drückte es in den Sitz, er wurde hin- und hergeworfen und konnte sich so schnell gar nicht festhalten.

»Was machen Sie denn? Wo wollen Sie denn hin?«

Bürger antwortete nicht, vielleicht weil er nicht wollte, oder aber, weil er sich auf das Fahren konzentrieren musste. Denn der Weg hatte zahlreiche Schlaglöcher, und Bürger versuchte denen, so gut es ging, auszuweichen. Ellermann bekam es plötzlich mit der Angst zu tun. Auch wenn er Bürger für einen anständigen Menschen hielt, vielleicht hatte er von seinem Chef Schallansky einen Auftrag bekommen, den er zu erfüllen hatte. Sollte er, Ellermann, entführt werden? Er spürte Panik.

»Was soll das? Jetzt reden Sie schon. Wohin bringen Sie mich?«

Bürger blickte abermals in den Rückspiegel, dann drehte er für einen Moment den Kopf zu Ellermann um.

»Sie müssen keine Angst haben, Herr Ellermann.«

»Ich habe keine Angst.«

Natürlich hatte Ellermann zumindest Sorge, wollte das aber nicht zugeben. Bürger schaute wieder nach vorne, sprach aber weiter.

»Da war ein Wagen hinter uns.«

»Wer? Was für ein Wagen?«

»Das weiß ich nicht. Ich weiß nur, dass er uns gefolgt ist. Noch nicht so lange, aber er ist uns gefolgt.«

Ellermann drehte sich um, aber da war kein anderes Auto, und auch keine Scheinwerfer in der Nacht waren zu sehen.

»Ich sehe nichts.«

»Jetzt nicht mehr.«

»Sind Sie sicher, dass es ein Auto war?«

»Ja.«

»Und kein Motorrad?«

»Ich bitte Sie. Natürlich war das ein Auto. Es waren zwei Leuchten.«

»Ein Auto, das Sie aber nicht genauer erkennen konnten?«

»Ja. Aber wir haben es abgehängt. Ich will nicht, dass mir jemand folgt.«

»Passiert Ihnen das etwa öfter?«

»Nein.«

Ellermann schluckte. War dieser Wagen etwa hinter ihm her? Abermals drehte er sich um. Doch da war kein Verfolger. Nach einigen Kilometern hatte Bürger wieder die Hauptstraße erreicht und bog ab. Nun war es nicht mehr weit bis zu Ellermanns Haus. Bürger fuhr fast bis zur Haustür. Ellermann stieg aus. Bürger ebenfalls. Sie gaben sich die Hand.

»Vielen Dank.«

»Passen Sie auf sich auf. Sie sind ein ehrenwerter Mann, Herr Ellermann.«

»Ich schätze Sie auch, Herr Bürger.«

Für einen Augenblick, der sich dehnte, standen sie sich gegenüber. Ellermann überlegte, spielte an seiner Jacke herum, so in Gedanken und neben sich, dass ihm der Schlüsselbund herunterfiel. Er wollte ihn schon aufheben, hielt dann aber inne. Er wollte den Faden nicht verlieren, er musste etwas loswerden und er wollte die Situation nicht ungenutzt lassen.

»Ich habe noch mal nachgedacht. Können wir es so machen, bitte? Ich sage etwas, und Sie bestätigen, wenn es stimmt.«

Bürger zögerte, sagte nichts.

»Tatjana Schallansky war krank, sehr krank. Sie war blass, schwach. Mir ist aufgefallen, dass ich sie immer nur nachts getroffen habe, sie immer nur nachts unterrichtet habe. Warum das?«

Bürger nickte leicht, es war mehr eine Andeutung denn ein richtiges Nicken.

»Sie lebte im Dunkeln. Sie mochte das Licht nicht.«

Bürger nickte wieder. Kaum merklich, aber er nickte.

»Vielleicht litt sie unter eine Art Lichtallergie. So etwas gibt es. Es kann schmerzhaft sein, Depressionen auslösen, einen am Leben verzweifeln lassen.«

Ellermann suchte in der Miene seines Gegenübers nach der Andeutung einer Antwort. Aber Bürger verzog keine Miene, sondern drehte nur den Kopf zur Seite. Das, was er dann sagte, sprach er in die Nacht hinein, aber es galt Ellermann.

»Sie haben recht. Aber das sollte und durfte niemand wissen. Sie wollte es nicht, und er erst recht nicht. Herr Schallansky war im Grunde genommen überzeugt, dass diese Krankheit eine reine Einbildung war. Lichtallergie – das konnte und durfte keine Krankheit sein. Jedenfalls nicht in seinem Weltbld.«

»Man kann von ihm nicht sagen, dass er ein besonders sensibler Mensch ist.«

»Nein, das kann man nicht. Weiß Gott, nicht.«

Bürger musste lächeln. Aber es war mehr ein bitteres Lächeln, ein wehmütiges. Ellermann wollte seine Chance nutzen und hakte nach.

»Und deswegen suchte sie wahre Wärme bei einem anderen Mann. Wer war es?«

»Ein Mann aus ihrer Vergangenheit.«

Ellermann schüttelte nachdenklich den Kopf.

»Der Mann auf dem Motorrad?«

»Ich will nicht mehr sagen, Herr Ellermann. Das müssen Sie verstehen. Und viel mehr weiß ich auch gar nicht.«

Bürger hatte die Vermutung zumindest nicht verneint. Was allerdings nichts bedeuten musste. Bürger drehte sich entschlossen um, so als würde er bedauern, dass er gerade so viel erzählt hatte. Mehr würde er keinesfalls preisgeben.

»Gute Nacht, Herr Ellermann. Es ist besser, wenn ich jetzt fahre.«

»Gute Nacht, Herr Bürger. Und vielen Dank.«

Ohne ein weiteres Wort stieg Bürger in die Limousine und fuhr langsam weg – das kleine Stück Kiesweg hinunter. Ellermann ging zu seiner Haustür und wollte sie aufsperren, als er merkte, dass er den Hausschlüssel zuvor gar nicht aufgehoben hatte. Er blickte hinter sich, die Zufahrt lag im Dunkeln. Er ging Schritt für Schritt zurück und auf einmal fröstelte es ihn. Es war nicht die Kälte, die in ihm hochzog, sondern die Erinnerung. Waren sie vorhin wirklich verfolgt worden? Von wem? Und wenn diese Verfolgung ihm galt, vielleicht war der Verfolger wieder in der Nähe. Unsicher blickte er sich um, aber in der Dunkelheit konnte er nichts und niemanden ausmachen. Rasch ging er zu der Stelle, an der er gerade noch mit Bürger zusammengestanden hatte. Er bückte sich, suchend. Er fand den Schlüssel, glänzend auf grauem Boden. Erleichtert hob er ihn auf. Er wollte zurück zum Haus, als plötzlich ein Licht die Nacht erhellte. Es waren zwei Lichter. Es waren die Scheinwerfer eines Autos, die zu seinem Haus abbogen. Die beiden Lampen leuchteten direkt zu ihm. Er wurde geblendet. Er hielt eine Hand vor die Augen, konnte aber dennoch nichts sehen. Er hörte nur, dass der Wagen hielt und der Motor ausgemacht wurde.

Zehn

Ellermann stand stocksteif, erstarrt, er war nicht fähig, auch nur ein Wort herauszubringen. Er hörte, dass eine Autotür geöffnet und zugeschlagen wurde, sah aber nichts. Dann kam jemand näher, die Schritte knirschten auf dem Kiesel. Und immer noch brannte das Licht der Autoscheinwerfer und blendete ihn.

»Wer ist denn da? Was wollen Sie von mir?«

Die Antwort kam prompt. Eine Frauenstimme, die er sofort erkannte.

»Dich besuchen.«

In diesem Moment erloschen die Scheinwerfer des Wagens. Ellermann konnte seine Hand vor den Augen herunternehmen und sah Josephine. Sie trug ein langes schwarzes Kleid, an der Seite geschlitzt. Sie war dezent geschminkt und sah umwerfend aus. Sie lächelte ihn an. Auch wenn ihr Aufritt sofort ein Heer von Hormonen durch seinen Körper schwärmen ließ, er sich freute, sie zu sehen, war er doch angesäuert und machte auch keinen Hehl daraus.

»Wie kannst du mich so erschrecken?«

»Habe ich das? Das wollte ich nicht. Oh mein Gott, da habe ich leider gar nicht drüber nachgedacht!«

Josephine machte auf unschuldige Elfe, trat dicht an Ellermann heran und küsste ihn auf die Wange. Länger als üblich. Sie verharrte so einen Moment – Wange an

Wange mit ihm. Ellermann spürte ein wohliges Kribbeln auf seiner Haut.

»Ich dachte nicht, dass man einen Mann wie dich überhaupt erschrecken kann. Ein Mann von Welt. Einen Einbrecher. Einen mutigen Ritter.«

Sie lachte, während Ellermann ihr zu gerne die Nettigkeiten glauben wollte, auch wenn er sich von ihr auf den Arm genommen fühlte. Sie nahm seinen Kopf in ihre Hände und küsste ihn kurz auf den Mund. Das war das erste Mal, seit sie sich kannten, dass sie sich so küssten. Ellermann wollte diese Sekunde einfrieren und für die Ewigkeit festhalten, aber Josephine löste sich wieder von ihm und hakte sich bei ihm ein.

»Willst du mich nicht hereinbitten?«

»Aber natürlich, komm.«

Während Josephine es sich im Wohnzimmer bequem machte, eilte Ellermann in die Küche auf der Suche nach einer Flasche Champagner. Martha war überzeugt, dass es in ihrer finanziell angespannten Lage keinen Platz für Luxus wie Champagner gab. Und aus ihrer Meinung hatte sie auch nie einen Hehl gemacht. Trotzdem hielt Ellermann immer eine Flasche dieser Köstlichkeit ganz unten in einem kleinen Kühlschrank versteckt, unter verschiedenen, abgepackten Fertiggerichten. Denn die würde Martha nie anrühren und ihm servieren. Ellermann hatte die Fertigprodukte, wie er seiner Haushälterin gegenüber behauptete, nur für reine Notfälle gekauft. Er nahm den Champagner heraus, als sein Blick auf einen kleinen Post-it-Zettel fiel, der am Flaschenhals klebte. Darauf stand: »Prosit. Sie dürfen die Flasche öffnen, aber nur an einem besonderen Abend.« Martha! Ellermann musste lachen. Das war ein besonderer Abend, nicht nur weil es ein so anstregender und so ereignisreicher Tag gewesen war, sondern auch, weil Josephine aufgetaucht war. Im Übrigen war es bereits kurz vor Mitternacht, der Abend also schon in die Nacht übergegangen. Ellermann musste an einen Spruch denken, den er mal irgendwo gelesen hatte. Was haben eigentlich Schmetterlinge im Bauch, wenn sie verliebt sind? Ihm wurde bewusst, dass er immer noch in Josephine verliebt war, auch wenn sie so rätselhaft und unberechenbar war. Er wollte sich nicht zum Narren in diesem Spiel machen, aber er wollte auch nicht seinen Gefühlen vorab jede Regung verbieten.

Noch vor ein paar Stunden hätte er jede Menge Fragen an Josephine gehabt. Aber nun waren diese alle nicht mehr so präsent, nicht mehr so wichtig. Jetzt nicht. Ein kleiner Kuss hatte für Ellermann die Welt auf den Kopf gestellt. Mit der Flasche Champagner, zwei Gläsern und einer Schale frisch geschnittener Mango als kleines Extra schwebte er aus der Küche zurück ins Wohnzimmer. Er schwebte so in Gedanken dahin, dass er fast mit seinem rechten Hemdsärmel, den er lässig aufgeknotet hatte, an einem Türgriff hängen geblieben wäre.

Josephine räkelte sich auf dem Sofa. Ihre Schuhe hatte sie in der Zwischenzeit ausgezogen und auf den blauen Teppich geworfen. Er ließ den Korken knallen, der Champagner sprudelte. Er goss ein und sie stießen an. Ellermann wollte sich zu ihr vorbeugen, aber er hatte das Gefühl, dass sie etwas zur Seite wich. Sie stellte ihr Glas auf den Couchtisch.

»Hat Martha mit dir gesprochen?«

»Worüber?«

»Über Lotto natürlich.«

»Hat sie. Ich verstehe das nicht. Warum ist dir dieser Mops so wichtig?«

Ellermann setzte sich gerade hin, etwas steif, und stellte sein Glas ab. Mit einem Mal war der Zauber der Situation fast gänzlich verflogen. Wie hatte er nur so dumm sein können? Natürlich war Josephine nicht wegen ihm gekommen, sondern weil sie etwas von ihm wollte. Ellermann war nun richtig sauer. Doch Josephine blieb beim Thema, unbeeindruckt von der plötzlichen Kälte in der Luft.

»Hat dir das Martha nicht erklärt? Gruhnau wird früher als erwartet wiederkommen. Und wenn sein geliebtes Tier nicht da ist, bricht es ihm das Herz. Bitte hilf mir. Ich weiß doch auch nicht, was ich sonst machen soll. Ich hab doch nur dich.«

»Ich hab aber keine Idee, wo wir noch suchen sollen.«

»Es gibt mehrere Hinweise. Martha hat Lotto in der Stadt gesehen, mit irgendeinem Mann. Oder wir könnten auch noch mal zu dem Haus von Gruhnau fahren und dort suchen. Bitte …«

Ellermann wusste nicht so recht, was er sagen sollte. Er wollte eigentlich nichts mehr mit dem Hund zu tun haben. Außerdem gab es einige andere Fragen, die sich in den letzten Stunden im Zusammenhang mit Josephine ergeben hatten und die er zuerst beantwortet haben wollte. Aber wenn er in ihren Augen versank, schwand sein Wille, wie auch seine Klarheit.

»Ich habe auch eine Belohnung ausgesetzt. Das hat dir Martha doch sicher erzählt.«

»Aber warum?«

»Damit du mir hilfst. Ich weiß doch, dass du Geld gebrauchen kannst.«

»Wie kommst du denn darauf?«

Sie schwieg und lächelte nur. Mit einer Hand fuhr sie sich durch ihre kurzen blonden Haare. In Ellermann stieg Ärger hoch.

»Darüber werde ich noch mit Martha zu reden haben.«

»Sie macht sich nur Sorgen um dich.«

»Um mich muss sich niemand Sorgen machen.«

Ellermann überlegte, ob er Josephine von seinem Besuch bei Schallansky erzählen sollte, von der Heimfahrt und der angeblichen Verfolgung. Er zögerte und schwieg. So ergriff sie abermals das Wort.

»Ich bin dir gefolgt – vorhin. Warst du etwa bei Schallansky in dessen Villa?«

Ellermann war sehr überrascht und er brachte den Mund nicht sofort wieder zu. Er fingerte nach seinem Champagnerglas, um sich mit einem Schluck zu beruhigen.

»Woher weißt du das?«

»Ich habe dich in dem Wagen seines Chauffeurs gesehen. Ich war vorhin schon mal hier und wollte dich besuchen. Aber du warst nicht zu Hause. Also bin ich wieder weggefahren. Und auf dem Weg kam mir diese Limousine entgegen, und in ihr habe ich dich im Fond sitzen sehen. Ich bin schnell umgedreht und euch hinterher.«

»Du warst das?«

»Was?«

»Wir hatten den Eindruck, dass uns jemand verfolgt!«

Sie lachte laut, hell und klar.

»Ja, das war ich. Nur als ihr plötzlich in diesen Waldweg abgebogen seid, bin ich nicht nach. Mein kleiner Sportwagen ist dafür nicht gebaut. Zu niedrig. Außerdem hatte ich die Hoffnung, dass du früher oder später nach Hause kommen würdest. Und ich dich hier antreffen könnte. Und so war es dann auch. Wie schön, dich zu sehen.«

Ellermann dachte nach. Das musste er erst mal alles auf die Reihe bringen.

»Woher kennst du Schallansky? Besser gesagt – seinen Wagen, seinen Chauffeur?«

Er musterte Josephine und glaubte in ihren Augen eine leichte Unsicherheit lesen zu können. Ein Hauch von Zögern umgab sie, ungewöhnlich, wo sie doch normalerweise alles mit einer jugendlichen Lockerheit zu tun schien.

»Ich bitte dich! Man kennt ihn in der Stadt. So einem Mann kann man nicht entgehen. Jedenfalls nicht, wenn man sich hin und wieder in der Gesellschaft bewegt.«

Ellermann wusste nicht, ob er ihr glauben sollte. Seine Skepsis blieb. Aber immerhin war die Geschichte mit dem angeblichen Verfolger geklärt, und er fühlte sich deswegen ehrlich erleichtert. Er dachte spontan an die seltsame Gestalt im Garten von Schallansky, an den Mann, der dort geraucht und wohl auch telefoniert hatte. Josephine goss ihnen beiden noch etwas Champagner nach, so schwungvoll, dass die perlende Flüssigkeit überschwappte und am Glashals hinunterlief. Tropfen bis auf den Teppich.

»Hoppala! Tut mir leid. Das Zeug ist aber auch lebhaft!«

Sie kicherte, hielt sich die Hand vor den Mund und reichte Ellermann sein Glas. War sie schon angeschickert oder gab sie sich nur so? Aber sie ließ Ellermann gar keine Zeit, darüber nachzudenken.

»Übrigens ... ich hab dich gestern in der Stadt gesehen.«

Es riss ihn herum. Mit einem einzigen Satz hatte sie ihn noch mehr irritiert als mit ihrem Verhalten zuvor. Jetzt war es an ihm, nachzuhaken.

»Ich denke, du warst gar nicht in der Stadt. Du hattest mir doch auf die Mailbox gesprochen, dass du einen Termin außerhalb hast.«

»Den hatte ich ursprünglich auch. Aber es ist etwas dazwischengekommen.«

»Aha!«

»Und genau genommen habe ich gar nicht dich gesehen. Sondern nur deinen Wagen.«

»Und warum hast du mich nicht noch mal angerufen? Du wolltest mich doch eigentlich besuchen.«

»Tut mir leid, keine Zeit, ich war verabredet.«

»Mit wem?«

Das kam ohne Zögern, brach aus ihm heraus. Diese Frage war ihm rausgerutscht. Er ärgerte sich, dass er sich nicht besser im Griff hatte. Josephine bemerkte Ellermanns Zucken und fuhr ihm zärtlich mit den Fingern über die Wange.

»Nicht gleich eifersüchtig sein.«

»Ich bin nicht eifersüchtig.«

Das war gelogen, und Ellermann wusste es. Aber das wollte er nicht zugeben.

»Ich war mit einer Freundin verabredet, mit einer Freundin, die du nicht kennst. Ihr Mann hat seit Kurzem eine andere, und sie ist am Boden zerstört. Ich musste sie treffen und ihr beistehen. Das verstehst du doch?«

Mit diesen Worten wollte Ellermann sich allerdings nicht zufriedengeben. Da sie den gestrigen Tag schon angeprochen hatte, wollte er nun endgültig Klarheit in die Sache bringen.

»Aber *ich* habe dich gesehen. In der Stadt.«

»Warum hast du nicht nach mir gerufen?«

Prompt war er wieder in der Defensive. Aber er legte einfach nach, ohne auf ihre Frage einzugehen.

»Ich habe dich gesehen, wie du in eine Pension gegangen bist. Warum?«

»In eine Pension?«

»Ja, in eine Pension.«

»Was ist denn das für eine Frage?«

»Eine ganz einfache. Also warum?«

Josephine wirkte nun mit einem Mal trotzig und verärgert. Und sie machte daraus auch keinen Hehl.

»Hast du mir hinterherspioniert?«

»Natürlich nicht. Warum sollte ich? Oder gäbe es einen Grund, dir hinterherzuspionieren?«

»Nein … eine Pension?«

Sie gab vor, nachzudenken, tippte sich dann mit dem Zeigefinger gegen die Stirn.

»Aber ich kann dir gerne sagen, warum ich in diese Pension gegangen bin. Ganz einfach. Ich musste mal. Dringend. Ich habe eine Toilette gesucht. Und da habe ich die erstbeste Gelegenheit genommen. Zufrieden?«

Ellermann wusste nicht, ob er mit dieser Antwort zufrieden sein konnte. Er wusste nicht, ob sie wahr war oder nicht. Er hatte immerhin den Eingang beobachtet, und sie war nicht sofort wieder herausgekommen. Aber vielleicht hatte er sie auch einfach verpasst. Das konnte gut sein. Und insgeheim wünschte er sich, dass Josephine ihn nicht angelogen hatte. Er nahm einen Schluck aus dem Champagnerglas. Sie legte ihre Arme um seinen Hals.

»Also hilfst du mir morgen? Suchen wir Lotto?«

»Okay. Ich helfe dir.«

Sie umschlang ihn noch heftiger und küsste ihn. Kurz darauf lagen sie beide neben- und übereinander auf dem Sofa. Die Gläser gingen zu Boden und zu Bruch. Für Ellermann versank die Welt in einem Meer aus bunten Farben und herrlichen Klängen.

Elf

Ellermann machte ganz vorsichtig zuerst ein Auge auf, und dann erst das zweite. Er lag in seinem Bett, ausgezogen, sauber zugedeckt. Seine Kleider waren dagegen eher unordentlich über den Stuhl geworfen worden. Ein Sonnenstrahl fiel durch das Fenster, an dem der Vorhang nur halb geschlossen war, und blendete ihn. Er schloss die Augen wieder. Und er dachte nach. Sein ganzer Körper fühlte sich schwer an, so als würde er gleich durch die Decke brechen und im Keller landen. Was war passiert? Indem er Stück für Stück in die morgendliche Wirklichkeit eintauchte, kamen auch die Erinnerungen an den gestrigen Abend, die gestrige Nacht hoch. Es waren sehr schöne Gedanken, und auch ganz schreckliche. Mit einem wohligen Schauer erinnerte sich Ellermann daran, wie Josephine und er sich küssten, auf der Couch liegend. Ellermann musste lächeln, ein ganz und gar glückliches Lächeln, und er hätte die ganze Welt umarmen können. Doch, wie bisweilen in einem schönen Traum, drohte auch hier plötzlich ein bitterer Abgrund all dem Schönen ein jähes Ende zu bereiten. Er versuchte, diese Erinnerungen zu verdrängen, aber sie kamen immer wieder hoch. So wie Ölfontänen, die voller Kraft aus dem Boden schießen. Gerade als Josephine und er sich nähergekommen waren, als endlich alle Bedenken, Fragen und auch Befürchtungen wie weggeblasen schienen, gerade dann hatte sich Ellermanns Magen gemeldet. Nicht aus einer verständlichen Nervosität heraus, sondern weil ihm das doppelte Essen plötzlich wieder zu schaffen machte. Ellermann konnte sich noch sehr gut daran erinnern, wie es in seinem Magen gepoltert und gekracht hatte, als würden zwei mittelalterliche Feindestruppen aufeinander losgehen. Er hatte noch versucht, das aufkommende Übelkeitsgefühl zu verdrängen, denn er wollte sich nicht von ihren zarten Lippen lösen. Aber nach und nach wurde ihm klar: Er hatte verloren. Ihm wurde schlagartig richtig schlecht. Und dann passierte etwas, wofür er sich noch Stunden danach hätte ohrfeigen können: Er warf Josephine aus dem Haus. Vielleicht hatte er sie nicht wirklich hinausgeworfen, aber zumindest hatte er sie so herzlich wie entschlosssen gebeten zu gehen. Er wollte ihr gegenüber nicht eingestehen, was ihn wirklich plagte. Wie unsinnig war das denn? Natürlich hätte er ihr geradeheraus sagen sollen – müssen –, wie es um ihn stand. Dass er einfach zu viel gegessen hatte und er sich deswegen so unwohl fühlte. Aber in jenem Moment wäre das Ellermann wie das Eingeständnis einer persönlichen Schwäche vorgekommen. Er wollte Josephine gegenüber keinesfalls Schwäche zeigen. Gerade ihr gegenüber nicht. Vielleicht auch deswegen, weil er sie für so stark, weil unberechenbar, hielt. Und was machte er stattdessen? Er bat sie mit entschlossenen Worten zu gehen. Er wisse nicht, ob das richtig sei, was sie täten. Er bat sie zu gehen! Er konnte sich noch am Morgen danach an ihren leicht verwunderten Blick erinnern, an die Fassungslosigkeit in ihren Augen. Schließlich war sie gegangen.

Ellermann setzte sich im Bett auf, sein Kopf schmerzte. Er hätte sich ohrfeigen können. Vielleicht würde so eine Chance nie wiederkommen.

An die Zeit danach hatte er nur eine bruchstückhafte Erinnerung. Wann war er überhaupt ins Bett gekommen? Und wie? Er versuchte sich zu entsinnen, aber vergeblich. Er wusste nur noch vage, dass er in die Küche gegangen war. Und er hatte sich noch eine Flasche Wein geöffnet, aus Verzweiflung darüber, dass Josephine verschwunden war. Dabei hatte er sie selbst vor die Tür gesetzt.

Mühsam kroch er aus dem Bett, hielt sich dabei den Kopf und suchte vergeblich seine Hausschuhe. Barfuß stellte er sich vor den kleinen Spiegel, der an der Wand gegenüber dem Bett hing. Er schaute sich im Spiegel an und erblickte ein Häufchen Elend.

»Du Schwachkopf!«

Er hätte sich wirklich ohrfeigen können. Und das tat er dann auch. Nicht hart, aber doch mit einer gewissen Kraft.

»Aua!«

»Guten Morgen, Sie sind ja wieder unter den Lebenden, Ellermann!«

Ellermann drehte sich um. Vor ihm stand Martha, eine beigefarbene Küchenschürze mit buntem Muster vor den Bauch gespannt, die Arme in die Hüften gestemmt. Ihr Blick verriet nichts wirklich Gutes.

»Guten Morgen, Martha.«

»Ich habe Ihnen ein kräftigendes Frühstück gemacht!«

Ellermanns Miene hellte sich auf. Im ersten Moment hatte er den Eindruck, dass Martha nicht gut auf ihn zu sprechen sei. Und auch wenn er ihr Chef ist und sie seine Angestellte, so ist es doch besser, wenn Martha gute Laune hat.

»Danke, das ist sehr nett von Ihnen.«

»Nicht nur nett.«

Er blickte sie fragend an, eine böse Vorahnung kroch über seinen Rücken bis hinein in das schmerzende Hirn.

»Beim Frühstücken werden Sie mir bitte erzählen, was Sie gestern Abend hier alles angestellt haben.«

»Ich kann mich nur bedingt erinnern.«

»War denn Josephine hier?«

»Ja, aber sie ist auch wieder gegangen.«

»Und die zwei Flaschen Wein, die leer in der Küche stehen? Von dem Schampus gar nicht zu reden.«

»Die muss ich wohl allein getrunken haben. Ich glaube, ich habe Josephine rausgeworfen.«

»Sie haben was?!«

»Bitte werden Sie jetzt nicht laut. Mir tut sowieso schon der ganze Kopf weh.«

»Diese wunderbare Frau haben Sie rausgeworfen!«

Martha machte eine längere Pause, um ordentlich Luft zu holen.

»Und was ist mit dem Mops?«

»Weiß ich nicht.«

»Sie haben ihn also noch nicht wiedergefunden?«

»Nein.«

»Und jetzt? Haben Sie sich mit ihr verabredet?«

Ellermann schüttelte verneinend den Kopf. Aber beim Schütteln kam ihm etwas wieder in den Sinn. Er hatte nicht alles vergessen. Er hatte sich mit ihr verabredet.

»Doch! Wir wollen uns treffen. Um zehn Uhr vor Gruhnaus Haus.«

Marthas Miene entspannte sich etwas, und sie schenkte Ellermann sogar ein Lächeln. Was folgte, war jedoch ein strenger Blick auf die Armbandur.

»Das ist in knapp einer Stunde. Beeilen Sie sich. Das Frühstück ist gleich auf dem Tisch.«

Bei Kaffee und Spiegeleiern, krossem Brot und Orangenmarmelade, hausgemacht von einer entfernten Tante von Martha, erzählte Ellermann seiner Haushälterin alles, was ihm passiert war, seit sie sich das letzte Mal gesehen hatten. Martha hing höchst interessiert an seinen Lippen. Die Geschichte um die ermordete Tatjana Schallansky war Thema in der Stadt. Die Leute sprachen darüber, und natürlich gab es allerlei Gerüchte. Es gab auch Leute, die Schallansky selbst in Verdacht hatten.

»Ich glaub nicht, dass er etwas mit dem Tod Tatjanas zu tun hat«, meinte Ellermann.

»Warum nicht?«

»Dann hätte er nicht den Verdacht geäußert, dass ich ein Liebhaber seiner Frau gewesen sein könnte.«

»Warum?«

»Er war ruhig. Es hat ihn nicht verrückt gemacht. Warum hätte er sie also aus Eifersucht umbringen sollen?«

»Vielleicht verstellt er sich einfach. Gerade aus dem Grund, den Verdacht von sich zu lenken.«

Ellermann nickte nachdenklich. So konnte man das auch sehen. Martha begann den Tisch abzuräumen.

»Danke, Martha, es war wie immer vorzüglich.«

»Schön, dann können Sie mit neuer Energie in den Tag starten. Es gibt nämlich Sachen, die wichtiger sind als der Fall Tatjana Schallansky. Der Fall Mops.«

»Falls die beiden nicht irgendwie zusammenhängen.«

»Wie kommen Sie denn darauf?«

»Intuition.«

»Reine Intution?«

»Nicht nur. Wenn ich mich recht an Müller erinnere, hat er mich im Zusammenhang mit Tatjana Schallanskys Tod auch nach Gruhnau gefragt.«

»Das ist der Zusammenhang? Mehr nicht?«

»Martha, glauben Sie mir. Da gibt es einen Zusammenhang. Das weiß ich. Der Mord, der Mops, der Einbruch und der Diebstahl.«

Und nach einem kurzen Moment des Nachdenkens: »Und da gibt es auch einen Zusammenhang mit Gruhnau und Josephine.«

Kurze Zeit später war Ellermann auf dem Weg zu Gruhnau. Zu seinem Anwesen. Es war zehn Uhr. Dort angekommen, ging er ein paar Schritte auf und ab, aber weder von Josephine noch von ihrem kleinen Sportwagen war etwas zu sehen. Hatte er sich in der Zeit geirrt? Oder wollte sie nicht mehr kommen, weil sie ihm den gestrigen Abend verübelte? Er versuchte sie auf ihrem Handy zu erreichen, aber als nur die Mailbox reagierte, verzichtete er darauf, ihr etwas draufzusprechen. Sie würde schon noch kommen. Sie war weiß Gott nicht immer pünktlich, wenn sie verabredet waren.

Ellermann lauschte, ob er vielleicht von Gruhnaus Anwesen her etwas hören könnte, vielleicht wieder ein Bellen. Doch da war nichts. Auch um etwas gegen die aufkommende Kälte zu unternehmen, ging er ein paar Schritte an der Mauer entlang. Dabei fiel ihm ein, dass er immer noch seinen Autoschlüssel vermisste. Aber an der Stelle, an der er nachts zusammen mit Josephine geparkt hatte, war nichts zu sehen. Entweder jemand hatte den Schlüssel an sich genommen, oder er hatte ihn vielleicht doch innerhalb der Mauern verloren. Ellermann wollte gar nicht daran denken. Sicher würde ihm das eines Tages noch Ärger einbringen. Um diese beunruhigenden Gedanken zu vertreiben, beschleunigte er seinen Schritt. Schnell war er an der Mauer entlang – um eine Ecke herum – zu der Stelle gelangt, von der aus er gestern den Mann mit den Hunden im Wald sehen konnte. Er blickte hinüber. Das Zelt stand noch da, aber weder der Mann noch seine Hunde waren zu entdecken. Ellermann überlegte ein bisschen, dann ging er über die Wiese Richtung Wald.

Der kleine Zeltplatz machte einen aufgeräumten Eindruck. Die Hunde hatten offenbar jeder seinen eigenen

Napf – schön nebeneinander aufgereiht. An einer Wäscheleine hingen verschiedene Kleidungsstücke, darunter auch Herrenhemden, hell und bunt, von besserer Qualität. Ellermann war beeindruckt, solche Hemden sind nicht günstig. Er befühlte ein bisschen den Stoff und war angetan. Das Zelt war nicht verschlossen, offenbar vertraute der Mann seiner Umwelt. Oder es gab wahrscheinlich nicht sehr viel, was sich hier zu stehlen lohnte. Ellermann beugte sich nach vorne, um in das Zelt hineinsehen zu können. Auch dort war alles ordentlich aufgeräumt. Es war ein kleines Zelt, rund, auch nicht besonders hoch, aber der Bewohner hatte es mit viel Umsicht und Gefühl eingerichtet.

Ellermann wollte noch mal versuchen, Josephine zu erreichen, und holte sein Handy heraus. In dem Augenblick, in dem er wählen wollte, klingelte es. Eine unbekannte Mobilnummer. Er zögerte, ob er das Gespräch annehmen sollte, tat es dann aber.

»Ja.«

»Hallo? Bist du es?«

Eine Männerstimme. Ellermann zögerte. Er fand es generell unhöflich, wenn sich jemand am Telefon nicht vorstellte. Allerdings hatte er sich selbst auch nicht mit Namen gemeldet.

»Wer spricht denn da?«

»Ich bin's, Enrico.«

Ellermann zuckte zusammen. Darauf war er nicht vorbereitet gewesen und er hatte nicht vergessen, dass er seinen alten Schulkollegen, den Kommissar, bei ihrem letzten Gespräch hin und wieder angelogen hatte, ihm zumindest nicht die ganze Wahrheit gesagt hatte. Er hatte ihm gegenüber verschwiegen, dass Tatjana ihn als Alibi benutzen wollte. Und wenn er an Schallansky und dessen Vermutung dachte, so konnte er nicht ausschließen, dass Tatjana es einfach dennoch gemacht hatte. Ellermann fühlte sich unwohl. Er wollte lieber nichts mit der Polizei zu tun haben. Nicht in dem Mordfall. Und mit Enrico Müller sowieso nicht.

»Django, ich muss dich sprechen.«

Ellermann überlegte krampfhaft, was er darauf erwidern könnte.

»Das ist schlecht möglich.«

»Ach, warum denn?«

»Weil ich … weil ich gar nicht in der Stadt bin.«

Es entstand eine kurze Pause. Offenbar hatte Müller mit dieser Aussage Ellermanns nicht gerechnet. Ihm war klar, dass er gleich nach Beendigung dieses Telefonats Martha würde einweihen und instruieren müssen.

»Und wann kommst du wieder?«

»Das kann ich dir nicht genau sagen.«

Wieder entstand eine kleine Pause.

»Django, das glaube ich dir nicht. Ich glaube dir nicht, dass du nicht in der Stadt bist.«

»Also, das ist ja … warum sollte ich dich anlügen? Dafür gibt es gar keinen Grund.«

Obwohl Ellermann natürlich wusste, dass er gerade gelogen hatte, spürte er eine Entrüstung in sich hochsteigen.

»Und weißt du, warum ich dir das nicht glaube?«

»Ähm … nein.«

»Weil ich dich sehen kann.«

Ellermann hätte sich am liebsten spontan auf den Boden geworfen und wie Vogel Strauß den Kopf in den Waldboden gesteckt. Stattdessen schaute er sich vorsichtig um. Und dann sah er ihn in der Ferne. Enrico Müller stand an seinen Wagen gelehnt und winkte ihm zu. Spontan winkte er zurück. Er steckte das Handy ein und ging langsam zu dem Kommissar. Die Begrüßung der beiden fiel erwartungsgemäß mehr als verkrampft aus.

Zwölf

Enrico Müller hatte mit Hinweis auf einen dringenden Termin Ellermann zunächst mit einem Glas Wasser in seinem Büro alleine gelassen. In ein paar Minuten sei er wieder zurück. Ellermann kam es wie eine Ewigkeit vor, die er wartete. Vielleicht wollte Müller ihn verunsichern, dachte er sich. Warten zerrt immer ein bisschen an den Nerven. Warum war der Kommissar bei Gruhnau aufgetaucht? War er ihm etwa gefolgt? Oder ging es um Gruhnau? Hatte er den Maler in Verdacht, etwas mit dem Tod Tatjana Schallanskys zu tun zu haben?

Nach einigen Minuten konnte Ellermann nicht mehr ruhig auf dem Stuhl sitzen und stand auf. Er ging ein paar Schritte in dem kleinen Eckbüro auf und ab, trat ans Fenster und blickte von dort in den Innenhof hinunter. Ihm war heiß, und er öffnete das Fenster. Von draußen drang diffuser Stadtlärm herauf. Auf Müllers Schreibtisch stapelten sich verschiedene Akten, die alle in unifarbenen Deckeln steckten. Er konnte es nicht unterlassen, einen der Aktendeckel, den obersten, mit einem Finger ganz vorsichtig anzuheben. Gleichzeitig zuckte er zurück. Was, wenn er heimlich beobachtet wurde? Vielleicht war hier eine Kamera versteckt? Vielleicht versuchte man, ihn gezielt zu etwas zu reizen. Deswegen hatte Enrico Müller ihn überhaupt alleine gelassen. Nervös blickte er sich um – nach einer Kamera oder einem Spiegel suchend –, doch nichts war zu sehen. Er widmete sich wieder der Akte. Nun klappte er den Aktendeckel ganz hoch, und sein Blick fiel auf ein Schreiben. Es war eng bedruckt, und Ellermann sah, dass es ein Schreiben an das Kommissariat war. Er beugte sich leicht vor, um die kleingedruckte Schrift besser entziffern zu können. Plötzlich hörte er ein Geräusch hinter sich und drehte sich um. Das Fenster, das er gerade erst geöffnet hatte, war durch einen Windstoß wieder zugeschlagen worden. Im Umdrehen riss Ellermann aus Versehen die Akte vom Tisch. Sie lag auf dem Boden und sämtliche Papiere daraus hatten sich auf dem Boden verteilt. Er fluchte leise vor sich hin, warf einen kurzen Seitenblick zur Tür. Müller konnte jeden Augenblick hereinkommen. Er begann hektisch die Papiere wieder aufzusammeln und in die Akte zurückzustecken. Er hielt inne. Unter den Papieren war auch die Kopie eines Bildes, eines Gemäldes. Es zeigte eine Frau auf einem Sofa, im Hintergrund einen Flügel. An dem Instrument saß jemand und spielte. Daneben ein zweiter Mann, der sich zu der Dame lehnte. Nachdenklich betrachtete Ellermann das Bild. Es war die Kopie eines Bildes, das offensichtlich noch nicht vollendet war. Die Frau auf dem Bild war eindeutig Tatjana, auch wenn sie nicht völlig realistisch dargestellt worden war. Die beiden anderen Figuren konnte Ellermann nicht genau erkennen. Aber er hatte eine Idee, wer es gemalt haben könnte. Es war noch nicht signiert, aber von der Strichführung, der Farbgestaltung, der ganzen Anlage musste es ein Gruhnau sein.

Da klingelte sein Handy, es war Josephine. Ellermann zögerte, legte das Blatt mit dem Bild in die Akte zurück, und diese selbst an ihren alten Platz auf dem Schreibtisch. Dann nahm er das Gespräch an.

»Josephine?«

»Ja, ich bin's. Tut mir leid, aber ich war vorhin zu spät. Da warst du schon weg. Ich musste noch tanken, verstehst du. Ich hatte das ganz vergessen, und dann bin ich mit dem Wagen stehen geblieben. Einfach so, ich wusste gar nicht, dass da gar nichts mehr im Tank war.«

»Ja, es ist ja gut, aber ich konnte nicht warten.«

Josephines Stimme klang zwar aufgeregt, aber freundlich. Offenbar war sie ihm wegen des gestrigen Abends nicht böse. Ellermann war erleichtert. Und obwohl er auf dem Kommissariat war, ging es ihm gleich schlagartig besser.

»Wann sehen wir uns?«

»Ich weiß noch nicht, Josephine.«

Ein kurzes Zögern in der Leitung.

»Wie? Alles in Ordnung bei dir? Warum weißt du das nicht?«

»Es ist alles in Ordnung.«

»Wo bist du denn jetzt?«

»Ich bin gerade bei der Polizei.«

»Wie?! Bei der Polizei?«

Ellermann konnte förmlich spüren, wie ihre Stimme in die Höhe ging. Aufgeregt.

»Ja, das erkläre ich dir später. Ich weiß noch gar nicht, um was es überhaupt geht.«

»Aber du musst doch wissen, was sie von dir wollen. Man ist doch nicht einfach so bei der Polizei. Weswegen bist du denn da?«

»Nein, eben nicht. Ich habe keine Ahnung, worum es hier geht.«

Er spürte ihre Unruhe, ihre Ungeduld. Einen Moment wurde nichts gesagt. In dem Augenblick wurde die Tür geöffnet, und Müller kam herein.

»Entschuldigung, aber ich ... ach so, du telefonierst.«

Der Kommissar setzte sich hinter seinen Schreibtisch, und Ellermann hatte den Eindruck, dass er auf die Akte blickte, die ihm, Ellermann, zuvor heruntergefallen war. Er selber sagte Josephine noch, dass er sie anrufen würde, sobald er könnte, und steckte dann das Handy weg.

»Django, war das nicht ein toller Zufall, dass wir uns dort getroffen haben? Oder wie siehst du das?«

Ellermann hatte keine Idee, wohin Müller das Gespräch lenken wollte.

»Ja, das war es wohl. Ein Zufall.«

»Darf ich fragen, was du dort gemacht hast?«

»Ich bin spazieren gegangen.«

»Gehst du dort öfter spazieren?«

»Gelegentlich.«

Müller fragte erst mal nicht weiter, sondern setzte bewusst eine Pause. Ellermann schwitzte.

»Jetzt erzähl mir bitte keinen Unsinn. Du weißt, dass du nicht irgendwo warst, sondern genau vor dem Anwesen von Gruhnau. Also – was wolltest du dort?«

Ellermann wollte Enrico Müller lieber nichts von dem Hund, von Josephine und schon gar nicht von dem verlorenen Schlüssel erzählen. Denn wenn er erst mal anfing zu erzählen, würde der Kommissar immer weiter bohren. Und dann bestand die Gefahr, dass die Sprache auch auf den nächtlichen Einbruch kam.

»Wie gut kennst du Herrn Gruhnau?«

»Ich kenne ihn nicht, aber das habe ich dir, glaube ich, schon mal gesagt.«

»Was hast du dann dort gemacht?«

Ellermann hatte keine Antwort, die er für gut befunden hätte. Also versuchte er es mit dem letzten Rest Frechheit, der ihm in dem Augenblick geblieben war.

»Es war Zufall. Ich wusste nicht, wem das Haus gehört. Ich bin spazieren gegangen, und dann ist mir das Zelt im Wald aufgefallen, und dann bin ich hingegangen und habe es mir angeschaut.«

»Und dann hast du dir gedacht, könnte ich gleich mal den Kommissar am Telefon anlügen. Deinen alten Schulfreund Enrico. Django, bitte.«

»Das tut mir leid.«

»Und warum hast du mich angelogen?«

»Weil ich … ich hab's nicht so mit der Polizei.«

»Wenn du so weitermachst, wirst du vielleicht bald hier einziehen dürfen.«

»Darauf würde ich lieber verzichten.«

»Dann sag mir endlich die Wahrheit.«

»Ich habe dir alles gesagt.«

Die beiden Männer fixierten sich mit Blicken wie zwei Westernhelden, die Finger am Abzug, kurz vor High Noon. Schließlich gab der Kommissar auf.

»Du kannst gehen. Aber wir sprechen uns wieder.«

Ellermann stand auf und wollte los, aber im letzten Augenblick hielt Müller ihn nochmals zurück. Dabei massierte er sich den Rücken, der offenbar noch immer schmerzte.

»Sag mal, auch wenn du Herrn von Gruhnau angeblich nicht kennst, hast du vielleicht eine Idee, wo er sein könnte?«

»Wieso fragst du?«

»Kannst du mir etwas dazu sagen? Ja oder nein?«

»Nein.«

»Bist du sicher?«

»Ja.«

Ellermann nickte und schüttelte gleichzeitig trotzig den Kopf. Dann ging er. Die Verabschiedung fiel auf beiden Seiten eher frostig aus.

Dreizehn

Nach dem Verhör war Ellermann froh, Martha bei sich zu Hause angetroffen zu haben.

Nun stand sie in der Küche, das Bügelbrett vor sich und einen Stapel ungebügelter Hemden im Korb daneben. Das Bügeleisen zischte. Ellermann stand am Fenster und trank in einem Zug ein Glas Wasser aus. Er hatte Martha gerade seine neuesten Erlebnisse berichtet und zappelte herum.

»Was ist denn mit Ihnen, Ellermann?«

»Hören Sie mir überhaupt zu?«

»Aber natürlich.«

»Können Sie nicht mal für einen Augenblick das Bügeleisen weglegen?«

»Ich kann Ihnen auch beim Bügeln zuhören.«

»Bitte, Martha. Machen Sie einmal, worum ich Sie bitte.«

»Nichts anderes tue ich den ganzen Tag.«

Beide mussten lachen, dann tat sie ihm den Gefallen und stellte das Bügeleisen weg. Sie trat auf ihn zu und fasste ihn leicht an den Schultern. Ellermann war auf so viel körperliche Nähe gar nicht vorbereitet, ließ sie aber gewähren. Er mochte es sogar.

»Also, Ellermann, ich habe nachgedacht.«

»Worüber?«

»Wir vergessen das mit dem Mops.«

»Wie bitte?«

»Doch, ich habe nachgedacht. Wir könnten das Geld gut gebrauchen, aber ...«

Eine kurze Pause, Ellermann ungeduldig.

»Aber ...?«

»Sie hatten recht, es ist wirklich seltsam, dass Josephine so viel Belohnung versprochen hat. Nur um den Hund zu finden.«

»Sehen Sie.«

»Ich will einfach nicht, dass Ihnen etwas passiert. Und irgendwas ist faul an der Geschichte.«

Ellermann war gerührt.

»Ach Martha, aber wenn das nur so einfach wäre.«

»Ich weiß ... Josephine.«

Er zuckte mit den Schultern. In Gedanken lag er für einen Augenblick wieder mit seiner Traumfrau auf dem Sofa.

»Martha, wissen Sie eigentlich, wo sie wohnt?«

»Nein, warum fragen Sie?«

»Also da, wo ich dachte, dass sie wohnt, scheint sie nicht zu wohnen.«

»Sie sind hingefahren?«

»Ja, aber unter der Adresse wohnt nur eine Familie.«

»Vielleicht wohnt sie bei der Familie.«

»Unsinn, das glaube ich nicht. Ich muss mich geirrt haben.«

»Vielleicht gibt es noch eine zweite Wohnung in dem Haus?«

»Das könnte sein. Es gab auf jeden Fall zwei Klingelschilder.«

»Gab es denn zwei Wohnungen?«

»Ich weiß nicht. Vielleicht wohnt jemand im Souterrain. Das kleine Souterrain war auch bewohnt.«

»Sehen Sie.«

»Oder ich habe mich eben in der Hausnummer geirrt.«

Martha widmete sich nachdenklich und kopfschüttelnd wieder den Hemden, um sich dann noch mal Ellermann zuzuwenden.

»Dafür kann ich Ihnen etwas zu Gruhnau sagen.«

»Sie haben sich umgehört?«

Ellermann konnte sich ein Schmunzeln nicht verkneifen. So kannte er seine Haushälterin.

»Ein Freundin von mir, die kennt eine Frau, deren Nichte hat bis vor Kurzem bei ihm geputzt.«

»Bei Gruhnau?«

»Ja.«

»Und das sagen Sie mir erst jetzt.«

»Ich weiß das auch erst seit ein paar Stunden.«

Marthas Blick war mehr als vorwurfsvoll.

»Also es heißt, Gruhnau wäre pleite. Oder zumindest geizig. Oder beides. Deswegen hat sie bei ihm gekündigt und will nicht mehr für ihn arbeiten. Er war ihr den Lohn für über einen Monat schuldig geblieben.«

»Das kann nicht sein. Gruhnau ist gut im Geschäft. Er verkauft jede Menge Bilder.«

»Aber er lebt auch auf großem Fuß. Er kann nicht mit Geld umgehen.«

Martha konnte sich mit einem Grinsen einen kleinen Seitenhieb in Richtung Ellermann nicht verkneifen.

»Aber da ist er ja nicht der Einzige.«

»Bitte, Sie wollen mich hoffentlich nicht mit Gruhnau vergleichen.«

»Nein, er ist ein Protzer, und Sie sind ein … Genussmensch.«

»Pleite hin oder her. Darum geht es mir nicht.«

»Worum denn dann?«

»Ich habe da eine Vermutung.«

Ellermann blieb am Fenster stehen, während Martha sich weiter dem Bügeln widmete.

»Müssen Sie unbedingt jetzt bügeln?«

»Ich will nicht, dass die Leute mit dem Finger auf *mich* zeigen, wenn *Sie* in ungebügelten Hemden aus dem Haus gehen.«

Ellermann kam sich vor wie ein kleiner Schuljunge. Martha hat manchmal einen unmöglichen Ton drauf. Aber er kann ihr nie böse sein. Es ist noch nicht lange her, dass sie überhaupt in sein Leben getreten ist. Und er will sie nicht missen. Auf keinen Fall.

»Zur Sache, Martha. Wissen Sie, ob Gruhnau und Schallansky sich kennen? Ich meine Tatjana Schallansky.«

»Nein, woher sollte ich? Wie kommen Sie darauf?«

»Ich denke schon, dass die beiden sich kennen. Diese Zeichnung, das Bild, das ich bei der Polizei gesehen habe – es ist noch nicht fertig. Aber es stammt von Gruhnau. Da bin ich mir fast sicher.«

»Was wollen Sie damit sagen?«

»Es war in einer Akte, in der es um den Fall Tatjana Schallansky geht. Er hat sie gezeichnet.«

Ellermann trommelte mit den Fingern gegen die Fensterscheibe, fuhr mit einem Finger an der Scheibe auf und ab. Es quietschte.

»Gehen wir mal davon aus, Gruhnau kannte Tatjana Schallansky. Wie gut denn? Vielleicht war er dieser heimliche Mann an ihrer Seite? Der Geliebte?«

»Kann ich mir nicht vorstellen.«

»Das ist aber nicht auszuschließen. Herr Bürger, der Chauffeur von Schallansky, hat mir gegenüber so eine Andeutung gemacht. Es wäre ein Mann aus der Vergangenheit. Also: Kennen sich Gruhnau und Tatjana Schallansky schon länger?«

Ellermann war lauter geworden, erregter, was Martha natürlich nicht verborgen geblieben war.

»Warum steigern Sie sich da jetzt so rein?«

»Weil es da so viele ungeklärte Fragen gibt. Und ich hasse es, wenn Dinge ungeklärt sind.«

»Und nicht in Ordnung?«

»Genau.«

Martha stellte das Bügeleisen abermals zur Seite und trat zu Ellermann ans Fenster. Sie schaute ihn direkt an.

»Und es geht Ihnen immer noch um Josephine.«

»Wie?«

»Na ja, wenn Gruhnau ein Verhältnis mit Tatjana Schallansky hatte, dann verbindet ihn mit Josephine vielleicht wirklich nur etwas, wie sagt man, etwas Platonisches.«

Ellermann wollte das Thema abtun, aber Martha sah ihm an der Nasenspitze an, dass sie recht hatte.

»Ich weiß nicht, warum Josephine in mein Leben getreten ist. Ja … sie berührt mich, ich finde sie begehrenswert. Ich suche ihre Nähe, aber zugleich will ich das nicht. Ich kann ihr nicht trauen. Sie macht mich glücklich und unglücklich zur selben Zeit.«

Martha nahm Ellermann in den Arm und drückte ihn. Sie strich ihm über die Haare, was ihn schon etwas verwunderte. Sie blickten sich an.

»Als Haushälterin macht man das nicht. Aber ich bin auch Ihre Feundin, Ellermann.«

»Und das ist gut so.«

Während sie sich wieder von ihm löste, schaute er aus dem Fenster. Etwas irritierte ihn dort draußen, aber er wusste nicht, was es war.

»Schallansky gibt sich so souverän, aber ich glaube ihm nicht. Was, wenn er hinter eine mögliche Geschichte von seiner Frau und Gruhnau gekommen ist?«

»Das würde er sich wohl nicht bieten lassen.«

»Vielleicht ist Gruhnau deswegen verreist, weil Schallansky ihn bedroht hat.«

»Und Schallansky hat seine eigene Ehefrau erschossen?«

»Wollen Sie das ausschließen, Martha?«

»Nein. Aber es klingt doch alles eher nach einer Räuberpistole. Und wenn Gruhnau sich bedroht fühlte, dann hätte er ja nicht gleich verreisen müssen, sondern einfach hier untertauchen können. Oder sogar zur Polizei gehen.«

Ellermann ließ Marthas Satz so im Raum stehen, weil ihn wieder etwas von draußen ablenkte. Und nun verstand er auch, was es war. Hinter einem der Bäume kam leichter Rauch hervor. Kein starker, eher ein flüchtiger, aber doch deutlich wahrzunehmen. Ellermann ging ohne ein weiteres Wort und eilig aus der Küche, was Martha mehr als verwundert registrierte.

»Ellermann?«

Als Antwort hörte sie nur, wie die Haustür ins Schloss fiel. Ellermann ging zielstrebig Richtung Straße und beschleunigte seinen Schritt nochmals, als er hörte, dass ein Motor gestartet wurde. Schließlich begann er zu rennen. Als er die Straße erreichte, sah er gerade noch, wie der Mann auf seinem Motorrad Gas gab und wegfuhr. Der Motor dröhnte. Es war derselbe Mann, den er auch schon bei Schallansky gesehen hatte.

»Bleiben Sie stehen.«

Er rief ihm hinterher. Aber der Mann reagierte nicht, Ellermann rannte los, auch wenn er wusste, wie aussichtslos es war. Er würde ihn nie erreichen. Doch er rannte und rannte, bis er mit seinen Schuhen in eine Pfütze trat. Wasser spritzte hoch. Er blieb stehen und ging schimpfend zurück. Als er an der Stelle vorbeikam, an der das Motorrad gestanden hatte, bückte er sich. Auf dem Boden lagen die Stummel zweier Zigaretten.

Dann kehrte er ins Haus zurück. Martha begrüßte ihn, nachdem sie bemerkt hatte, was ihm passiert war, standesgemäß.

»Da wundern Sie sich, warum ich immer so viel bügeln muss. Sie brauchen jeden Tag mehrere Hemden.«

»Martha, jetzt übertreiben Sie aber.«

Ellermann zog sein Hemd aus und verabschiedete sich Richtung Badezimmer. Er wollte sich ein heißes

Bad einlassen, zur Entspannung und weil er nachdenken wollte. Und im Bad kann er meist ganz hervorragend nachdenken.

Er lag über eine Stunde in der heißen Wanne – Ellermann schätzte es, wenn das Wasser so heiß war, dass er nur unter Schmerzen und ganz langsam hineingleiten konnte. Der seltsame Auftritt des unbekannten Mannes auf dem Motorrad hatte ihn verwirrt. Aber das war nicht alles. Ellermann hatte den starken Eindruck, dass er kurz davor war, bestimmte Zusammenhänge zu verstehen. Er durfte jetzt nur nicht in der Konzentration nachlassen. Er ließ noch mal heißes Wasser nach. Dann rief er nach Martha.

Martha war überrascht, dass Ellermann wollte, dass sie das Badezimmer betrat, während er noch in der Wanne lag. Mehr als unüblich. Aber nachdem er mehrmals nach ihr gerufen hatte, kam sie und brachte ihm auch, wie gewünscht, sein Handy mit. Ellermann dankte ihr und bevor sie wieder ging, stellte er ihr noch eine Frage.

»Sagen Sie, Martha, halten Sie Gruhnau für einen eitlen Menschen?«

»Was für eine Frage. Natürlich. Warum fragen Sie das überhaupt?«

»Nur so eine Vermutung. Ich muss an etwas denken, an etwas in der Pension.«

»Und an was müssen Sie denken?«

»An etwas, was ich in der Pension gesehen habe.«

»Und was?«

Die Antwort war Schweigen. Martha wusste, dass

Ellermann gerne in so eine seltsame Stimmung abdriftete. Dann war er ganz in Gedanken, nicht von dieser Welt. Vor allem beim Klavierspielen passierte das, hin und wieder aber auch in anderen Situationen.

Sie verließ das Badezimmer, als sie aus der Küche einen leisen, aber durchdringenden Piepston hörte, der das Ende eines Waschgangs meldete. Martha wollte sich ihrer Arbeit widmen. Ellermann wiederum rief noch aus der Badewanne Josephine an. Er müsse sich mit ihr treffen, sagte er. Mehr verriet er ihr nicht am Telefon. Die beiden verabredeten sich in der Stadt.

Vierzehn

Schon mehr als eine Stunde bevor er sich mit Josephine treffen wollte – sie waren vor dem Haupteingang eines großen Kaufhauses verabredet –, war Ellermann in die Stadt gefahren. Er hatte Martha zuvor noch erzählen wollen, was er sich überlegt hatte, aber er konnte sie nicht finden. Sie war nirgends im Haus und hatte ihm auch keine Nachricht hinterlassen. Da er in Eile war, brach er schließlich auf. Um Martha muss man sich keine Sorgen machen. Nicht um Martha.

Ellermann fand in der Nähe der Pension keinen Parkplatz. In der Straße gab es eine neue Baustelle, die zusätzlichen Platz beanspruchte und seinen Plan durchkreuzte, hier am Straßenrand stehen zu bleiben und aus dem Auto heraus den Eingang der Pension beobachten zu können. Die beste Gelegenheit, nicht so schnell aufzufallen. Schließlich stellte er seinen Wagen in einer engen Gasse in der Nähe ab. Nicht weit entfernt.

Er kaufte sich eine Boulevardzeitung, nicht nur um sich hinter ihr verbergen zu können, sondern auch, um sich abzulenken. Und er wollte wissen, ob es etwas Neues im Mordfall Tatjana Schallansky gab. Und tatsächlich: Auf Seite 7 wurden abermals allerlei Spekulationen angestellt, und das erste Mal wurde die Vermutung geäußert, dass Tatjana einen Geliebten gehabt haben könnte. Insofern rückte auch ihr Ehemann Schallansky in den Blickpunkt der Presse. Mutmaßungen wegen einer Tat aus Eifersucht wurden angestellt. Aber es gab auch noch diesen ungeklärten Einbruch, von dem man nicht wusste, ob und wie er mit dem Mord zusammenhing.

So stand Ellermann, seine Zeitung vor sich haltend, im gläsernen Eingang eines Bürohauses. Angestellte, Besucher, Lieferanten gingen, meist in Eile, hinein und hinaus, er schaute zur gegenüberliegenden Straßenseite – hinüber zur Pension. Natürlich war er sich nicht sicher, dass sein Warten hier von Erfolg gekrönt sein würde. Aber er wollte es wenigstens versucht haben. Er hatte einen bestimmten Verdacht. Die Minuten verstrichen.

Erst einmal passierte nichts, was ihn hätte weiterbringen können. Zwar gab es hin und wieder Gäste, Handwerker, Angestellte, die in die Pension gingen oder herauskamen, darunter war aber niemand, der für Ellermann von Bedeutung gewesen wäre. Es machte sich bei ihm eine Enttäuschung breit, die wiederum zu einer Nachlässigkeit führte. Seine Konzentration ließ nach und er widmete sich verstärkt der Zeitung. Schnell blätterte er sie durch, er war schon zum Sportteil gekommen, den er achtlos in einen Eimer steckte.

Er wurde erst wieder aufmerksam und zurück in die Wirklichkeit geholt, als er merkte, dass er seinerseits beobachtet wurde. Zuerst war es nur ein diffuses Gefühl. Sein Blick ging wieder hinüber zu der Pension. Dort stand die dicke Frau vom Empfang, der Ellermann schon mehrmals begegnet war, und immer waren diese Begegnungen unerfreulich gewesen. Ihre Blicke trafen sich. Sie hatte Ellermann im Visier und machte Anstalten, über die Straße zu eilen und zu ihm zu kommen. Ellermann wiederum tat so, als hätte er sie nicht bemerkt – ein lächerliches Unterfangen, das er aber konsequent durchzog –, und ging auf seiner Seite den Bürgersteig hinunter. Erst schnell, dann schneller. Und schneller. Er hörte sie hinter sich rufen.

»Halt! Halt!«

Ellermann gab vor, das Rufen nicht zu hören, und andere Passanten waren von dem Gerufe der Dicken Gott sei Dank wenig beeindruckt. Schließlich hatte er so einen großen Vorsprung, dass die Stimme hinter ihm leiser und leiser wurde. Auch wenn Ellermann kein sportlicher Typ war, reichte es, im Laufen eine übergewichtige Frau abzuhängen. Er schlug ein paar Haken um die Häuserblocks, um schließlich ziemlich außer Atem wieder zu seinem in der Gasse geparkten Wagen zu gelangen. Er stieg ein und ließ sich hinter das Lenkrad fallen. Ein Blick auf die Uhr sagte ihm, dass er zu spät sein würde, wenn er sich nicht beeilte. Er startete den Motor und wollte aus der Lücke scheren, als er sie sah. Josephine! Sie kam um eine Ecke gebogen, die Gasse hinuntereilend. Ellermann beobachtete sie eine Zeit und fuhr erst dann los. Er wollte auf keinen Fall, dass sie seinen Wagen bemerkte. Nicht hier, in der Nähe der Pension. Sein Verdacht war nicht konkret bestätigt worden, aber er war sich nun sicher, auf der richtigen Spur zu sein. Gleich würde er mehr wissen.

Zehn Minuten später war er am Treffpunkt, am Eingang des Kaufhauses, in dessen Garage er geparkt hatte. Kurz darauf erschien Josephine, schön und umwerfend wie immer. Sie trug ein Sommerkleid, bunt und aus leichtem Stoff, das Ellermann zuvor, als er sie in der Gasse gesehen hatte, gar nicht aufgefallen war. Darunter konnte man ihren Körper erahnen. Er schluckte und musste sich konzentrieren. Sie küssten sich zur Begrüßung flüchtig, aber zärtlich.

»Tut mir leid, ich bin zu spät.«

»Das macht nichts. Wie geht es dir?«

»Nicht gut.«

Ein fragender Blick.

»Es geht um Lotto. Er ist immer noch verschwunden.«

Ellermann hatte den Mops im Moment völlig vergessen, oder besser gesagt: verdrängt. Er schlug vor, ein paar Schritte zu gehen. Josephine ließ sich von ihm am Arm nehmen, und die beiden gingen die Straße hinunter. Im Gehen schaute er zu ihr hinüber.

»Warum lügst du mich an?«

»Wie kommst du denn darauf? Was soll denn das?«

»Ich vermute, du warst heute wie schon zuvor in dieser Pension. Und diese Besuche waren nicht zufällig, sondern du hast dort jemanden getroffen.«

Josephine blieb stehen, Ellermann auch. Die anderen Passanten mussten um die beiden herumgehen, sich herumschlängeln, da sie mitten auf dem Bürgersteig stehen geblieben waren und den Weg blockierten. Sie schaute ihn lange an und sagte erst mal nichts. Er hatte recht gehabt damit, dass sie ihn angelogen hatte. So viel stand fest.

»Und ich weiß auch, wen du getroffen hast.«

»Wie bitte?«

»Gruhnau. Der ist nicht auf Reisen, sondern er ist in der Pension abgestiegen.«

»Unsinn, wie kommst du nur darauf?«

»Es hat etwas gedauert. Zuerst habe ich gedacht, es geht um jemanden, der es auf Gruhnau abgesehen hat. Jemanden, der Artikel über ihn sammelt.«

»Artikel?«

»Ja, Berichte aller Art.«

Josephine war von Ellermanns Entschlossenheit überrascht. So kannte sie ihn gar nicht. Und er legte nach.

»Aber warum geht jemand in der Stadt ins Hotel, und dann noch in so eines, wenn er selber in dieser Stadt ein großzügiges Haus hat? Kannst du mir das bitte erklären?«

Als er die Fragen laut aussprach, merkte er erst, wie verärgert und enttäuscht er war. Josephine spielte nervös an ihren Fingern, den Nägeln. Sie wollte die Hand nach ihm ausstrecken, aber er drückte sie weg. Ihre Augen wurden glänzend.

»Das sind nicht die einzigen Fragen, die ich habe. Was ist mit Lotto? Was ist der Grund, dass du diese hohe Belohnung ausgesetzt hast? Jetzt sag endlich, was das soll. Verdammt noch mal!«

Ihre Augen wurden größer und größer, und diese schönen großen Augen füllten sich nach und nach mit Tränen. Schließlich begann sie zu weinen. Nicht laut und schluchzend, eher so, als würde sie die Tränen wegdrücken wollen. Ellermann hakte nach.

»Ich war in der Pension. Ich war in seinem Zimmer. Zuerst habe ich gedacht, da wohnt jemand, der es auf ihn abgesehen hat. Jemand der Gruhnau verfolgt, der Informationen über ihn sammelt, wie etwa diese Artikel. Schließlich gab es mal diese Gerüchte um eine Entführung. Aber jetzt ist es mir klar geworden. In diesem Zimmer ist Gruhnau selbst abgestiegen. Er sammelt Zeitungsartikel über sich. Pure Eitelkeit!«

Josephines Tränen flossen leise, aber unaufhörlich.

»Und um von sich abzulenken, verzichtet er sogar auf seinen geliebten Rolls-Royce. Vom wem hat er denn diesen Geländewagen?«

»Das weiß ich nicht.«

Sie schluchzte. Ellermann fühlte sich unwohl und er kramte in seiner Hosentasche nach einem Taschentuch. Doch er fand keines, außer einem gebrauchten Papiertuch, zerknüllt, das er schnell wieder zurücksteckte.

»Josephine, du musst nicht weinen, ich will ja nur, dass du es mir erklärst.«

Sie schüttelte den Kopf, sie weinte nun stärker, was dazu führte, dass vereinzelt andere Leute daran Anteil nahmen. Manche blieben stehen, skeptisch die Szenerie im Blick. Ellermann versuchte, die Leute mit entsprechender Miene und fahrigen Gesten zu beruhigen und zu vertreiben. Doch die Situation eskalierte, als ein junger Mann im ärmellosen Shirt – an seinen nackten Oberarmen war er fantasievoll tätowiert – stehen blieb und sich nicht verscheuchen lassen wollte. Vielmehr baute er sich – mit einer Größe von geschätzt 1,90 Meter – vor Ellermann auf, verzog keine Miene und wandte sich mit tiefer, aber sanfter Stimme an Josephine.

»Kann ich Ihnen helfen?«

Josephines Weinen hörte auf, für einen Moment, sie schaute den Tätowierten kurz an, dann schüttelte sie den Kopf. Ungewöhnlich, dass sie nichts sagte. Aber es war so.

»Wirklich nicht? Falls dieser Typ hier Sie bedroht, sagen Sie es nur.«

Josephine schüttelt abermals den Kopf, Ellermann, wenn auch von der Statur des anderen beeindruckt, drehte sich zu dem Mann um. Sein Kopf reichte dem Gegenüber gerade mal bis zum Hals, sodass er den dort tätowierten Totenkopf direkt vor Augen hatte.

»Sie haben doch gehört. Hier wird niemand bedroht. Also lassen Sie uns bitte alleine.«

Der Tätowierte, nicht unbeeindruckt, kramte noch ein Taschentuch, es war ein schönes Stofftaschentuch mit Stickereien, heraus und reichte es Josephine, die es ohne eine weitere Regung entgegennahm. Dann ging er weg, Ellermann würdigte er keines Blickes. Josephine schnäuzte sich herzhaft und laut.

»Ich weiß, dass du von mir enttäuscht bist. Aber ich kann dir alles erklären. Ich weiß auch nicht … also es war so … ich weiß doch selber erst seit Kurzem, dass er in der Stadt ist.«

»Aber du hast ihn doch zum Flughafen gebracht?«

»Ich hab ihn dort nur rausgelassen. Ich weiß selber nicht …«

Sie hielt inne, suchte nach den richtigen Worten, aber die wollten ihr nicht einfallen, zumindest nicht in der richtigen Reihenfolge. Schließlich sagte sie nur einen Satz.

»Fahren wir zu ihm, zu Gruhnau.«

»Wohin?«

»In die Pension.«

Zu der dicken Frau an die Rezeption? Ellermann schauderte es, aber er fasste einen Entschluss. Manchmal muss man sich überwinden.

Zehn Minuten später betraten Ellermann und Josephine gemeinsam die Rezeption der Pension. Der Dicken hinter dem Empfangstresen blieb fast das Wurstbrot im Munde stecken und sie wedelte mit ihren fettigen Fingern.

»Sie schon wieder?!«

»Guten Tag. Ich will nicht wissen, was ein Zimmer kostet. Ich will auch überhaupt kein Zimmer. Wir wollen zu Herrn Gruhnau.«

Die Dicke blickte hektisch zwischen Ellermann und Josephine hin und her.

»Kennen Sie den Mann?«, fragte sie Josephine. Bevor diese antworten konnte, mischte sich Ellermann wieder ein.

»Ja, sonst wären wir nicht zusammen hier. Also, ist er hier?«

Die Dicke schüttelte den Kopf.

»Nein, er ist weg.«

»Danke, geht doch. Wohin?«

»Das weiß ich nicht.«

Ellermann drängte Josephine zum Gehen, drehte sich in der Tür aber noch mal zu der Frau um.

»Übrigens, Sie haben da was zwischen den Zähnen.«

Das stimmte zwar heute nicht, aber Ellermann wollte es einfach mal gesagt haben.

Kurz darauf hatten sie – nach einem Telefonat Josephines – in Erfahrung gebracht, wo Gruhnau war. Er war inzwischen bei sich zu Hause. Und dorthin wollten sie nun zusammen fahren.

Fünfzehn

Ellermann hatte beschlossen, bei Josephine in ihrem Sportwagen mitzufahren, und um das zu erreichen, scheute er auch nicht vor einer kleinen Lüge zurück. Er sei gar nicht mit dem eigenen Wagen in der Stadt, sondern mit dem Taxi gekommen, behauptete er. Und so nahm sie ihn mit.

Es gefiel ihm, von dieser schönen Frau in ihrem Sportwagen chauffiert zu werden. Auch wenn seine wahre Absicht eine andere war. Er wollte sie schlicht nicht mehr aus den Augen lassen. Denn wie er sich selbst eingestehen musste, traute er ihr nicht mehr.

Josephine wurde immer mehr von einer Traumfrau zu einer Frau, in welcher auch ein Stück Albtraum wohnte.

Ellermann bedrückte das, auch wenn er sich eingestehen musste, dass er es schon länger geahnt hatte. Wenn da nur nicht ihre verdammte Ausstrahlung wäre, die seine Hormone ständig zur Wallung brachte.

»Sag mal, wo wohnst du eigentlich?«

Josephine, am Steuer, war sichtlich überrascht von Ellermanns Frage, die aus dem Nichts kam.

»Warum fragst du das? Warum willst du das wissen?«

Hektisch blickte sie zur Seite, zu Ellermann neben ihr auf dem Beifahrersitz.

»Einfach so, was ist denn dabei, wenn du es mir sagst?«

»Ich weiß wirklich nicht, was das soll.«

Sie wollte ihm nicht antworten, und in Ellermann keimte der Verdacht, dass es einen konkreten Grund gab, warum sie ihn bis jetzt nie zu sich nach Hause eingeladen hatte. Warum sie das offensichtlich nicht wollte.

»War das nicht Beethovenweg 21?«

»Nein, Beethovenweg 12«, sagte sie spontan und biss sich im selben Augenblick auf die Unterlippe. Das hatte sie gar nicht verraten wollen.

»Na gut, jetzt hast du ja, was du wolltest.«

Ellermann nickte und dachte nach. Dort, an dieser Adresse, lebte, wie er wusste, eine Familie. Also konnte das so nicht stimmen. Es war wohl eher so, dass sie in der kleinen Einliegerwohnung im Souterrain wohnte. Und wenn das stimmte, dann Reichtum ade. Er wollte das Josephine gegenüber in dem Augenblick noch nicht weiter thematisieren. Erst einmal waren sie auf dem Weg zu Gruhnau.

Gruhnau empfing Josephine und Ellermann in seinem Atelier, das Ellermann schon von dem nächtlichen Ausflug kannte, auch wenn er das dem Maler gegenüber natürlich nicht zugab. Der Raum war immer noch chaotisch und unaufgeräumt wie in jener Nacht. Gruhnau trug, wie Ellermann ihn aus den Medien kannte, einen extravaganten Anzug mit auffällig großen Knöpfen, dazu braune Lederschuhe mit feiner Musterung und einen Schal aus Seide, den er anscheinend achtlos über eine Stuhllehne geworfen hatte. Seine längeren schwarzen Haare schienen gefärbt, wie Ellermann aus der Nähe feststellte. Darüber hinaus trug Gruhnau eine sehr große Designerbrille aus Metall mit kleinen Edelsteinen oder Imitaten an den Bügeln. Vielleicht aus purer Eitelkeit und nicht aus optischer Notwendigkeit, dachte sich Ellermann. Das würde zu ihm passen.

Josephine war nach dem Betreten des Raumes auf Gruhnau zugegangen und hatte ihm noch mal eindringlich versichert, wie leid es ihr tue, dass Lotto verschwunden sei. Nur ein einziges Mal habe sie die Haustür angelehnt gelassen. Da habe Lotto die Tür aufgedrückt und sei weggerannt. Und als sie das bemerkt habe, sei er schon verschwunden gewesen.

In ihrer Verzweiflung habe sie Ellermann um Hilfe gebeten. Josephine hatte die beiden Herren einander vorgestellt, wobei Gruhnau von seiner überheblichen Blasiertheit etwas abgewichen war, als er hörte, dass Ellermann Pianist ist.

Gruhnau nahm Josephine in den Arm und tröstete sie. Ellermann fühlte sich unangenehm berührt und war überhaupt nicht davon angetan, die beiden so miteinander zu sehen.

Gruhnau, auch wenn er Josephine keine Vorwürfe machte, war voller Sorge. In einem sonoren Monolog klärte er Ellermann darüber auf, wie wunderbar dieser Mops sei. Möpse seien sowieso die tollsten Hunde der Welt, aber sein Lotto sei schlichtweg einzigartig. Wo könnte er nur stecken?

Ellermann wusste sehr wohl, dass dieser seltsame Mann im Wald vielleicht eine Spur sein könnte. Aber er wollte diesen Gedanken nicht offenbaren. Er traute weder Josephine noch Gruhnau. Und er hatte inzwischen das unbestimmte Gefühl, dass es mit diesem Mops etwas ganz Besonderes auf sich haben musste. Nicht nur wegen der immensen Belohnung, die Josephine ausgesetzt hatte. Sie hatte ihm Gruhnau betreffend nicht die Wahrheit gesagt, und das beschäftigte ihn. Seit wann genau wusste sie, dass dieser nicht verreist war, sondern in der Stadt in einer Pension abgestiegen war? Und warum machte der Maler das überhaupt? Ellermann wollte erst mal diesen Fragen nachgehen.

»Herr von Gruhnau, wenn ich Sie etwas fragen dürfte?«

Gruhnau ging an eine kleine Bar, die sich in einem Regal mit Maleruntensilien versteckte. Whisky und Gin zwischen Marineblau und Dottergelb. Er schaute fragend in die Runde. Josephine und Ellermann lehnten dankend ab, er hingegen schenkte sich puren Gin in ein großes Glas ein.

»Warum gehen Sie in eine Pension? Hier in dieser Stadt?«

»Aus Vorsicht.«

»Das verstehe ich nicht.«

»Man hat mich bedroht. Ich wollte dieser Bedrohung aus dem Weg gehen, bis sich alles geklärt hat.«

»Wer hat sie bedroht?«

»Schallansky. Er denkt, ich hätte was mit seiner verstorbenen Frau gehabt.«

Gruhnau trank den Gin in einem Zug leer. Ellermann war überrascht, hatte doch Unternehmer Schallansky ihm gegenüber die gleiche Vermutung geäußert. Aber das sagte er nicht.

»Sie kannten Tatjana Schallansky?«

»Ja, ich habe sie gemalt. Warum fragen Sie das alles?«

Ellermann antwortete nicht, sondern schaute Gruhnau nur erwartungsvoll an. Dass Gruhnau Tatjana gemalt hatte, war Ellermann schon klar, seitdem er die Kopie in der Akte auf dem Kommissariat gesehen hatte.

»Aber ich bin mit dem Bild nicht fertig geworden. Immer gab es Änderungswünsche. Immer wieder sollte alles anders sein. Und dann in dieser schrecklichen Dunkelheit, in der ich arbeiten musste. Alles Licht musste gedimmt sein. Sie wollte nicht, dass ich sie im Hellen malte. Aber ein Maler braucht doch Licht.«

Gruhnau ging einen Schritt auf Ellermann zu, beugte sich vertraulich nach vorne. Er ist einfach ein Mann der grandiosen Selbstinszenierung, dachte sich Ellermann. Pathos pur. Und er roch nach einem schweren, dunklen Parfüm. Ein Duft mit einer orientalischen Note.

»Sie war krank, schwer krank. Niemand wusste, dass sie unter Lichtallergie litt. Das hat ihr das Leben zur Hölle gemacht. Aber ich habe das schnell gemerkt. Ich wusste davon. Ich schon.«

Gruhnaus Lächeln kam von oben herab, die rechte Hand betätschelte seine gefärbten Haare. Ellermann gab sich überrascht und spielte mit, so gut er konnte.

»Tajana Schallansky litt unter Lichtallergie? Das habe ich nicht gewusst.«

»Warum auch? Sie sind Musiker und kein Maler.«

Ellermann überhörte die versteckte Beleidigung. Er trat ein paar Schritte zur Seite, tat so, als müsste er das soeben Gehörte erst noch verarbeiten. Sein Blick fiel in den Garten, der sich vor dem Atelier erstreckt. Er sah, dass im Rasen wieder gebuddelt worden war. An verschiedenen Stellen war frisch ausgeworfene Erde zu sehen.

»Vielleicht ist Lotto wieder da. So wie der Garten aussieht.«

»Was meinen Sie?«

»Na, die ganzen Löcher!«

»Ja, er gräbt für sein Leben gern. Aber er ist nicht da, ich habe ihn schon gerufen und auch überall nach ihm gesucht.«

Ein Blick zu Josephine, die ziemlich bedröppelt in einer Ecke verharrte. Die beiden, Gruhnau und sie, fixierten sich für einen Moment. Da ertönte eine Glocke, ein Klang wie ein buddhistischer Gong aus der Ferne. Es war Gruhnaus Türglocke. Der Maler war sofort beunruhigt.

»Wer kann das sein? Es weiß doch niemand, dass ich hier bin?«

»Sehen Sie nach, dann wissen Sie es.«

Gruhnau empfand Ellermanns Bemerkung als flapsig, und so war sie auch gemeint. Ellermann war genervt von diesem Mann, aber vor allem enttäuscht von Josephine. Sie spielten ihm beide etwas vor. Zwar wollte und konnte er sich nicht vorstellen, dass sie etwas mit dem Tod Tatjana Schallanskys zu tun hatten, aber welche Rolle sie genau spielten, wusste er nicht. Noch nicht. Seine Neugierde würde keine Ruhe geben. Und Ellermann ahnte immer mehr, dass der Mops Lotto in dem ganzen Spiel auch seine bestimmte Funktion hatte.

Es war Kommissar Enrico Müller, der geklingelt hatte. Mit federndem Schritt trat er ein, Gruhnau folgend. Wieder in einem lässigen Sakko, die Sonnenbrille dieses Mal auf der Nase. Als er Ellermann und Josephine hier sah, konnte er sich ein süffisantes Lächeln nicht verkneifen.

»Ach, man kennt sich. Ich dachte, man kennt sich nicht!«

Enrico Müller ging zu Ellermann und stellte sich direkt vor ihn.

»Du kennst Herrn von Gruhnau natürlich auch nicht. Warum hast du mich angelogen?«

Die Schärfe seines Tons ließ Gruhnau und Josephine zusammenzucken. Nur Ellermann schien von Müllers Auftreten völlig ungerührt.

»Herr von Gruhnau und ich sind uns eben erst vorgestellt worden. Von einer gemeinsamen Freundin.«

Enrico Müllers Blick wechselte zwischen den dreien hin und her. Diese wichen seinem Blick nicht aus. Er drehte sich abermals zu Ellermann.

»Bleibt die Frage, was du hier machst?«

Josephine und auch Gruhnau schienen überrascht über das vertrauliche *Du*, das der Kommissar Ellermann gegenüber verwendete.

»Es geht um einen kleinen Hund, einen Mops. Er ist verschwunden, und ich bin gebeten worden, bei der Suche zu helfen. Das ist alles.«

Müller wirkte verärgert, wollte sich das Heft des Handelns nicht aus der Hand nehmen lassen.

»Herr Gruhnau, ich habe ein paar Fragen an Sie. Und Sie beide warten bitte draußen auf mich.«

Das war an Josephine gerichtet und an Ellermann. Dieser wollte etwas erwidern, ließ es aber lieber bleiben und wurde von Müller mit Josephine zur Ateliertür gebracht. Dort fiel sein Blick auf ein kleines Bord, das an der Wand hing. Neben einigen anderen Dingen wie einem vollen Aschenbecher und ein paar benutzten Gläsern lag dort auch ein Schlüssel. Ellermann erkannte diesen Schlüssel sofort. Es war sein Autoschlüssel. Intuitiv wollte er danach greifen, hielt sich dann aber zurück, stand doch der Kommissar direkt neben ihm. Er wollte es nicht zum Thema machen, dass er hier seinen Schlüssel verloren hatte – schon gar nicht Müller gegenüber. In der Tür zögerte der Kommissar einen Moment und wandte sich dann an Josephine.

»Nein, Sie bleiben bei mir. Ich will Sie bei der Befragung dabeihaben. Aber du wartest draußen.«

Ellermann nickte artig, ein letzter Blick ging zu dem Schlüssel auf dem Bord. Dann trat er vor das Atelier ins Freie. Josephine ging mit Müller wieder zurück in den Raum.

Ellermann atmete die frische Luft ein, tief und voller Genuss. Sein Handy klingelte. Ein kurzer Blick auf das Display sagte ihm, dass es Martha war.

»Martha, wo sind Sie? Ich habe Sie vorhin gar nicht mehr gesehen.«

»Ich bin in der Stadt. Sie müssen sofort kommen.«

»Das geht nicht.«

»Warum?«

»Ich bin bei Gruhnau, der gerade von Müller vernommen wird. Und der Herr Kommissar hat micht dazu verdonnert, hierzubleiben.«

Martha schwieg einen Moment.

»Der kann warten, Sie müssen kommen. Ich bin in der Stadt und habe Lotto gefunden.«

»Wo?«

»In einem Park. Aber ich will alleine nichts unternehmen. Sie müssen kommen, Ellermann.«

Ellermann zögerte. Müller würde toben. Aber was könnte ihm schon passieren? Nachdem ihm Martha gesagt hatte, wo sie genau war, wollte er sich auf den Weg machen und beendete das Gespräch. Er war schon auf dem Weg von dem Anwesen nach draußen, als ihm noch mal sein Autoschlüssel einfiel. Er schlich zurück zur Ateliertür und öffnete diese so leise wie möglich. Von innen konnte man die Tür nicht sehen, man würde ihn also nicht bemerken. Ein Griff zum Bord, und er hatte den Schlüssel eingesteckt. Im Hintergrund hörte er leise die Stimmen von Gruhnau und Müller. Er konnte nicht anders. Er musste lauschen, für einen Augenblick zumindest.

»Es tut mir leid, dass Sie mich nicht erreichen konnten, aber ich war verreist.«

»Sie waren verreist?«

»Ja, ich bin heute wiedergekommen. Ich war bei einem Freund in Italien. Der kann Ihnen das bestätigen, wenn Sie wollen.«

Es war offensichtlich, dass Gruhnau den Kommissar anlog. Aber warum? Offenbar wollte Gruhnau der Polizei gegenüber den Eindruck erwecken, außerhalb der Stadt gewesen zu sein. Und dafür musste es einen Grund geben.

Auch wenn er noch zu gerne weiter gelauscht hätte, schlich Ellermann lieber davon. Was er nicht wollte, war, von Müller hier an der Tür lauschend entdeckt zu werden. Außerdem wartete Martha auf ihn in der Stadt.

Auf der Straße fiel Ellermann ein, dass er gar kein Auto dabeihatte. Sein Wagen stand in der Tiefgarage des Kaufhauses.

Die Straße hinunter war eine Bushaltestelle, aber ein Blick auf den Fahrplan sagte ihm, der nächste Bus würde erst in einer Stunde abfahren. So lange konnte er keinesfalls warten. Ellermann gelang es, einen vorbeifahrenden Wagen anzuhalten und einen älteren Herrn zu überreden, der gerade zu seiner wöchentlichen Skatrunde in die Stadt fahren wollte. Er nahm ihn mit und ließ ihn ganz in der Nähe der Stelle raus, an der Martha auf ihn wartete. Ein Handyklingeln. Ellermann sah, dass Kommissar Müller versuchte, ihn auf dem Handy zu erreichen. Natürlich nahm Ellermann das Gespräch nicht an. Er drückte die Verbindung einfach weg.

Sechzehn

Ellermann eilte zu der Parkbank in der Nähe eines bekannten Brunnens, an der er sich mit Martha verabredet hatte. In der Mitte des Brunnen schoss eine mächtige Fontäne in die Höhe. Etwas außer Atem erreichte er die Bank und blickte sich um. Von Martha allerdings keine Spur. Auf der Bank selbst saß eine Frau mittleren Alters. Sie aß Salat aus einer Plastikbox. Nervös gingen ihre Augen hin und her. Ellermann irritierte sie, und sie drehte sich demonstrativ in eine andere Richtung. Er wollte nichts von dieser Frau, aber offenbar hatte sie die Befürchtung, dass er sie ansprechen würde. Sie ignorierte ihn ganz bewusst, während er weiter vergeblich nach Martha Ausschau hielt. Da fasste er sich ein Herz und fragte die Frau auf der Bank, ob sie vielleicht jemanden hier gesehen hätte. Er beschrieb Martha. Die Frau von der Bank packte ihren Salat und ihre selbst gestrickte Jacke, die sie neben sich gelegt hatte, und marschierte von dannen, nicht ohne Ellermann noch anzufahren, dass das wirklich die dümmste Anmache gewesen sei, die sie jemals gehört habe. Empört schüttelte sie den Kopf.

Perplex setzte er sich auf die Bank. Er atmete tief ein und aus, um sich zu beruhigen. Dann hörte er, wie jemand seinen Namen rief. Er drehte sich um und sah hinter einer ausladenden Hecke Martha. Sie winkte hektisch mit der Hand und rief flüsternd.

»Kommen Sie, Ellermann, hierher.«

Er sprang von der Bank auf und eilte geradewegs zu Martha. Dabei musste er sich den Weg durch ein paar Büsche bahnen, die er nur mit Mühe mit beiden Händen zur Seite drücken konnte. Immer darauf bedacht, sich keine Verletzungen an den Händen zuzuziehen. Seine große Sorge um die Hände bescherte ihm eine Schramme im Gesicht.

»Sie bluten ja.«

Sie tupfte vorsichtig mit einem Zipfel ihrer Bluse das Blut aus seinem Gesicht. Dann drehte sie ihn in eine bestimmte Richtung.

»Die Hunde da drüben. Unter ihnen ist auch Lotto. Da, sehen Sie!«

Ellermann schaute in die angegebene Richtung und sah eine wild tobende Bande von Hunden auf der Parkwiese. Und er sah auch einen Mops darunter.

»Sind Sie sicher, dass es Lotto ist?«

»Das muss er sein. Josephine hat ihn mir mal genauer beschrieben. Sehen Sie den kleinen Fleck an der Nase?«

Ellermann sah nichts Derartiges und beschloss, so bald wie möglich mal einen Optiker aufzusuchen. Dann trat ein Mann zu den Hunden. Er verteilte ein paar Leckerlis, die er in der Hosentasche hatte. Ellermann erkannte in ihm sofort den Mann aus dem Wald bei Gruhnau. Aber diesmal trug der Mann ein schönes Sakko. Passend und fein. Martha stupste Ellermann leicht in die Seite.

»Jetzt, wo Sie da sind, gehen wir hin und holen uns Lotto.«

»Und was machen wir, wenn der Mann ihn nicht einfach wieder hergeben will?«

»Wir sind zu zweit.«

Martha schaute trotzig zu den Hunden und zu dem Mann, sodass Ellermann ihre Entschlossenheit richtig rührte.

»Aber vielleicht ist es besser, wir beobachten ihn erst mal eine Weile. Vielleicht ergibt sich eine andere, günstigere Gelegenheit.«

»Ich denke, Sie haben recht, Ellermann.«

So standen sie eine Weile, verborgen von den Zweigen einer Dornenhecke. Schließlich versammelte der Mann mit ein paar lauten Rufen die Hundeschar enger um sich. Er schien zu ihnen zu sprechen, und die Hunde schienen auf ihn zu hören. Auf die Entfernung hin konnten Martha und Ellermann aber nicht verstehen, was der Mann sagte. Dann ging er eilig davon. Die Hunde blieben als Gruppe auf der Wiese zusammen, in der Mitte ein langmähniger Schäferhund, vielleicht, so dachte sich Ellermann, so etwas wie der Boss der Bande.

Bald war der Mann außer Sichtweite, und in dem Augenblick löste sich der Mops aus der Truppe seiner Gefährten. Irgendwas hatte ihn weggelockt und er raste davon. Martha rannte spontan ebenfalls los, dem Mops hinterher. Ellermann überlegte, ihr zu folgen, und hatte auch schon die ersten Schritte gemacht, blieb dann allerdings abrupt stehen. Er hatte ein anderes Ziel. Er sah Martha hinterher, wie sie zwischen einigen Sträuchern und Büschen verschwand. Von dem Mops war schon nichts mehr zu sehen. Ellermann wollte lieber hinter diesem rätselhaften Mann her. Dieser hatte sein Interesse geweckt und eine innere Stimme sagte ihm, dass es da etwas zu entdecken gebe.

Ellermanns Weg führte über eine kleine Brücke aus dem Park hinaus. Bald hatte er eine ruhige Nebenstraße erreicht, die den Park von dem angrenzenden Wohngebiet trennte. Dahinter lagen die breiten Einkaufsstraßen. Über einen engen Fußweg unter einem Efeudach hindurch gelangte Ellermann auf die erste der beiden parallel verlaufenden Prachtmeilen. Weil das Wetter so schön war und die Sonne schien, war mächtig Betrieb. Zahlreiche Passanten waren mit großen Einkaufstüten unterwegs. Lieferanten, die in zweiter Reihe parkten, hektische Fahrradkuriere, rotgesichtige Taxifahrer, wie so oft schimpfend hinter dem Lenkrad.

Ellermann mischte sich unter die Leute und ließ sich treiben – bis ans Ende der Straße. Der Mann aus dem Wald war nicht zu entdecken. Er wollte schon wieder umdrehen, als er ihn plötzlich sah, wie er einen edlen Friseursalon betrat. Einen Salon, der sich gerne mit prominenten Namen schmückt und dessen Besitzer selber ein Halbprominenter ist. Ellermann linste in den Eingang und konnte gerade noch sehen, wie der Mann von einer jungen Angestellten in einem engen schwarzen Hosenanzug die Marmortreppe hinaufgeführt wurde. Ellermann selber würde sich einen Besuch in diesem Frisuren-Tempel nicht leisten können. Aber dieser Mann aus dem Wald? Woher hatte er das Geld?

Ellermann suchte sich einen Platz in dem Straßencafé gegenüber und bestellte einen Cappuccino, auch wenn ihm der Preis dafür wie moderner Straßenraub vorkam. Dieses Mal verzichtete er auf die Lektüre einer Zeitung, sondern genoss es, einfach nur dazusitzen und in der Gegend herumzuschauen. Er dachte sich, dass er genau das in letzter Zeit viel zu selten getan hatte – einfach nur dazusitzen und zu schauen. Und dabei gar nichts Konkretes im Blick zu haben. Dies ist für Ellermann nämlich eine ganz persönliche Art der Meditation. Natürlich fielen ihm immer wieder Leute auf, die ihn amüsierten oder auch mal nachdenklich stimmten. Seine Gedanken flogen nur so dahin, und schließlich dachte er an Martha. Ob sie ihm wohl Vorwürfe machen würde, dass er sie bei der Verfolgung von Lotto alleine gelassen hatte? Vielleicht, aber es war sowieso nichts mehr daran zu ändern.

Bei aller Gedankenspielerei ließ Ellermann den Empfang des Friseursalons nicht aus den Augen. Auch nach zwei Stunden nicht. Ein weiterer Cappuccino war ihm gebracht worden. Um das Koffein im Magen zu beruhigen, so seine Theorie, rundete er das Ganze mit einem Stück Sachertorte ab. Natürlich mit Sahne. Hin und wieder warf er einen Blick auf sein Handy, auch in Erwartung, dass sich vielleicht Martha gemeldet haben könnte. In dem allgemeinen Umgebungslärm hätte ihr Anruf schon untergehen können. Und Ellermann hasste es, in der Öffentlichkeit sein Handy auf lautes Klingeln zu stellen.

Schließlich gab es tatsächlich eine Nachricht auf der Mailbox. War sie von Martha? Oder noch mal von Müller, dem Kommissar? Bei ihm konnte er sich schon vorstellen, was er ihm draufgesprochen haben könnte. Ellermann wollte gerade auf die Taste drücken, um die Nachricht abzuhören, als ihn etwas ablenkte. Er musste zweimal hinschauen, um zu erkennen, dass der Mann aus dem Wald mit neuer Frisur herauskam. Was für eine Veränderung!

Ellermann ließ sich die Rechnung bringen und bezahlte, wobei der Blick auf die Endsumme fast einen kleinen Herzinfarkt auslöste. Diese Rechnung durfte Martha keinesfalls zu Gesicht bekommen. So viel war sicher.

Er setzte sich auf die Spur des Mannes, dessen Wege kreuz und quer durch die Stadt und in verschiedene Geschäfte führten. Vom Herrenausstatter über das erste Geschäft am Platz für handgefertigte Schuhe bis hin zu einem Juwelier. Nach und nach wurde Ellermann immer klarer, dass dieser Mann wirklich Geld hatte.

Bei einem weiteren Herrenausstatter verweilte der Mann wiederum länger, was Ellermann die Gelegenheit gab, endlich die Mailbox abzuhören. Was er hörte, verwirrte ihn und ließ ihn zugleich zusammenzucken. Es dauerte nur ein paar Sekunden, bis er begriffen hatte, was er da hörte. Es war seine Musik, seine Klaviermusik. Jemand musste ihn heimlich beim Improvisieren aufgenommen haben. Wann und wo? Er fühlte sich betrogen und hintergangen. Er schnaubte vor Wut. Er wollte schon auflegen, als die Musik plötzlich stoppte und eine ihm unbekannte männliche Stimme sich von der Box meldete. Ein Mann sagte, dass er Ellermann dringend treffen müsse. Er werde sich nochmals melden. Und in dem Moment klingelte Ellermanns Handy wieder.

Siebzehn

Ellermann trat ein paar Schritte von dem Bürgersteig in einen Hauseingang, während er das Gespräch annahm. Er wollte nicht belauscht werden.

»Hallo.«

»Herr Ellermann?«

»Wer sind Sie?«

»Ich habe Ihnen die Musik auf die Box gespielt.«

Sofort schoss das Blut durch Ellermanns Adern. Sein Ärger hatte ihn im Griff.

»Hören Sie, woher haben Sie meine Musik? Ich will das nicht. Das ist privat.«

»Ich weiß. Aber Tatjana hat es geliebt, wenn Sie für sie gespielt haben.«

»Tatjana Schallansky? Woher kennen Sie sie? Wer sind Sie überhaupt?«

Der andere antwortete nicht sofort.

»Hören Sie! Meine Musik geht niemanden etwas an.«

»Tut mir leid. Aber Tatjana hat Ihre Musik geliebt. Wenige Momente, in denen es noch ein Lächeln auf ihren Lippen gab.«

Ellermann hörte, was der Unbekannte am anderen Ende der Leitung sagte. Aber er war viel zu erregt, als dass er sich auf etwas anderes hätte konzentrieren können als den Diebstahl seines Klavierspiels.

»Geben Sie mir meine Musik zurück. Die CD, den Stick oder was auch immer Sie haben.«

Natürlich war ihm klar, dass es in der digitalen Welt nicht darum geht, eine Kopie zu besitzen. Zahlreiche Kopien können um die Welt flitzen. Es ging ihm ums Prinzip. Fast konnte er durch das Telefon hindurch spüren, wie der andere von seiner Bestimmtheit beeindruckt war.

»Gut, Herr Ellermann. Ich wollte mich sowieso mit Ihnen treffen.«

»Warum?«

»Ich will Ihnen etwas geben. Von Tatjana Schallansky. Es tut mir leid, dass Sie das so verstört hat. Ich meine, das mit Ihrem Klavierspiel.«

Ellermann merkte jetzt, dass er in seiner Aufgeregtheit wohl die Aufmerksamkeit eines kleines Mädchens auf sich gezogen hatte, das an der Hand seiner Mutter auf die grüne Ampel wartete. Die Kleine starrte ihn aus der Distanz mit großen Augen an. Er drehte sich weg und ging ein paar Schritte.

»Hallo, sind Sie noch dran?«

»Ja, natürlich bin ich noch dran. Wann und wo treffen wir uns?«

»Das sage ich Ihnen noch. Ich rufe Sie wieder an.«

Ellermann war wieder stehen geblieben. Er schaute nun der jungen Mutter mit dem kleinen Mädchen hinterher und drehte sich dabei so um, dass er fast mit einem anderen Passanten zusammenstieß. Er erschrak, denn es war der Mann aus dem Wald. Mit tadelloser Frisur, neu eingekleidet, und nun trug er auch noch einen Hut. Einen runden Hut, eine Melone. Er konnte gar nicht anders, als diesen Mann zu fixieren und ihm hinterherzustarren. Der Mann schaute irritiert zurück, ging dann aber scheinbar ungerührt weiter. An der nächsten Straßenecke blieb er stehen. Die Stimme aus dem Handy riss Ellermann abermals aus seinen Gedanken.

»Herr Ellermann, sind Sie noch dran?«

»Ja, natürlich. Aber eins will ich wissen: Wer sind Sie überhaupt?«

Es gab einen kleinen Moment der Stille, eine Pause zwischen den beiden. Vielleicht suchte der andere nach den richtigen Worten.

»Ich war früher einmal Tatjanas Freund. Wir haben uns geliebt. Und jetzt, die letzten Wochen, habe ich mich wieder um sie gekümmert. Ich habe mich um sie gekümmert.«

Er wiederholte den Satz, so als würde er auch wirklich sichergehen wollen, dass Ellermann ihn nicht nur gehört, sondern auch verstanden hatte.

»Und Schallansky?«

»Das ist ein Schwein. Er ist schuld daran, dass es ihr immer schlechter gegangen ist.«

Ellermann spürte neben all seinem Ärger über die gestohlene Musik etwas anderes. Er hatte den starken Eindruck, dass dieser ihm unbekannte Mann am anderen Ende der Leitung einiges über die Geschichte von Tatjana Schallanskys Tod wusste.

»Sagen Sie ...?«

Der andere schnaufte, sein schneller Atem war deutlich zu hören. Dann legte er auf, bevor Ellermann noch weiter nachfragen konnte. Der Mann hatte mit einer unterdrückten Nummer angerufen, für Ellermann gab es keine Chance auf einen Rückruf. Er musste sich setzen, und da er keinen anderen Platz sah, setzte er sich kurzerhand auf den Rand eines großen Papierkorbs. Ihm schwirrte der Kopf, er wusste nicht, welche Enden wie miteinander verknotet werden mussten, sodass alles einen Sinn ergab. Er musste an den Mann denken, an den Mann aus dem Wald in seinen neuen Kleidern, an Lotto, den kleinen Mops, an den seltsamen Anrufer, und natürlich an Josephine. Er schnaufte tief durch, dann wurde er durch eine krächzende Stimme wieder in die Welt des Lärms und des Trubels zurückgerufen.

»Hören Sie, können Sie vielleicht mal die Tonne freimachen?«

Vor Ellermann stand eine alte Frau, in einem schönen, wenn auch etwas abgetragenen Kostüm, einen Einkaufswagen neben sich voller leerer Flaschen. Ellermann sprang auf.

»Entschuldigung.«

Er ging weiter, fühlte sich alleingelassen mit all seinen Überlegungen und drohte darin zu ersticken. Gerade als er sein Handy zücken wollte, um Martha anzurufen, erblickte er ihn wieder: den Mann aus dem Wald. Besser gesagt, bemerkte er, dass der Mann ihn beobachtete. Beide standen einen Augenblick auf dem Bürgersteig und musterten sich auf eine größere Entfernung. Schließlich gingen sie Schritt für Schritt aufeinander zu, bis sie sich direkt gegenüberstanden.

»Hallo«, sagte der Mann aus dem Wald.

»Es kann kein Zufall sein, dass wir uns immer wieder begegnen.«

Ellermann wollte sich nicht weiter zu erkennen geben. Noch nicht, vielleicht gar nicht.

»Ich weiß nicht, sind wir uns denn schon mal begegnet?«

»Ja, zum Beispiel im Wald. Ich wohne dort. Wann war das? Gestern?«

»Sie wohnen im Wald?«

»Ja, mit meinen Hunden. Aber Sie haben mich doch dort gesehen. Oder nicht?«

»Stimmt, jetzt erinnere ich mich. Wenn ich Sie etwas fragen darf …?«

»Sie dürfen. Mal sehen, ob ich eine Antwort habe.«

»Wie kommen Sie darauf, in den Wald zu ziehen? Dort zu wohnen?«

Der Mann lachte laut und offen los. Es war ein klares Lachen.

»Das ist nicht so einfach zu erklären. Und ganz ehrlich fehlt mir die Zeit, ausführlicher zu werden.«

Er warf einen Blick auf seine Armbanduhr. Es war eine goldene Uhr, die sicherlich nicht im Schlussverkauf zu haben gewesen war.

»Es gab in meinem Leben eines Tages den Punkt, an dem ich einiges verändern wollte. Nein, *alles* verändern wollte.«

»Und Sie haben alles verändert?«

»Ja, ich habe alles verschenkt, was ich besaß. Und ich bin nicht mehr zur Arbeit gegangen. Ich war Investment-Berater.«

»Ein ganzes Leben aufgeben. Das kann nicht jeder.«

»Ich musste es tun.«

Ellermann musterte den Mann, warf einen Blick auf das Sakko.

»Aber alles scheinen Sie ja nicht verschenkt zu haben. Sie können sich einiges leisten.«

Die Miene des Gegenübers verfinsterte sich leicht, er neigte den Kopf, seine Augen verengten sich.

»Kann sein. Aber ich glaube nicht, dass Sie das etwas angeht.«

»Nein, natürlich nicht. Entschuldigung.«

»Sehen Sie. Es war vielleicht doch ein Fehler damals, alles Materielle loswerden zu wollen. Aber nun hat das Schicksal es wieder gut mit mir gemeint.«

Er blickte erneut auf seine Armbanduhr. Das Gold glänzte in der Sonne.

»Tut mir leid, aber ich muss los.«

Und schon war er weg, ohne dass ihn Ellermann noch auf den Mops ansprechen konnte.

»Hallo«, rief er ihm hinterher, doch der andere war unter den Passanten verschwunden, und als Ellermann ihm hinterhergehen wollte, klingelte sein Handy und Martha war dran. Sie hatte den Mops nicht erwischt und war wieder zu Hause.

Ellermann wollte zu ihr fahren. Er wollte sich mit ihr austauschen, und er brauchte ihren Rat.

Achtzehn

Ellermann hatte auf dem Nachhauseweg noch länger über den Mann aus dem Wald nachgedacht. Eines hatte sich nach dem Zusammentreffen bestätigt: Dieser Mann war zu Geld gekommen. Wie auch immer. Doch bald waren die Gedanken an diesen Menschen einem anderen Thema gewichen, das Ellermann weit wichtiger war. Es ging um seine Musik.

Ellermann und Martha waren in der Küche und er schüttete ihr sein Herz aus. Man hatte ihm seine Musik gestohlen. Es brauchte keine großen Worte, und seine Haushälterin verstand ihn. Sehr oft hatte sie ihm bei seinen spontanen wie leidenschaftlichen Improvisationen gelauscht. Sie wusste immer um die Magie dieser Augenblicke, darum, dass Ellermann dabei sein Innerstes nach außen kehrte. Martha mag kein besonders kunstverständiger Mensch sein, aber sie ist voller Mitgefühl. Sie musste nicht viel sagen, ein Blick zwischen ihnen beiden genügte, und Ellermann wusste, dass sie ganz bei ihm war. Das hinderte sie allerdings nicht daran, mit ihrer Küchenarbeit weiterzumachen. Denn die Arbeit musste gemacht, der Rinderbraten wollte gekocht und die Kartoffeln geschält werden.

Martha machte Ellermann keine Vorwürfe, dass er sie bei der Verfolgung des Mopses nicht unterstützt hatte. Sie interessierte sich mehr dafür, was er seinerseits zu berichten hatte. Und für seine Überlegungen dazu.

»Sie glauben, Gruhnau hat Tatjana Schallansky umgebracht?«

»Zumindest halte ich das für möglich.«

Martha drehte sich von der Arbeitsplatte zu Ellermann, ein langes und großes Küchenmesser in der Hand. Er zuckte unwillkürlich zusammen.

»Sehen Sie, Martha. Es gibt diesen Mann aus dem Wald, der ist ganz offensichtlich zu Geld gekommen. Er fährt durch die Stadt und gönnt sich das Beste. Nur das Allerbeste. Einen neuen Haarschnitt, neue Kleider, einen Hut, den er auch beim Pferderennen in Ascot tragen könnte. Eine teure Armbanduhr. Nicht, dass ich ihm das nicht gönnen würde. Aber die Frage ist doch, wie ist er zu dem vielen Geld gekommen?«

»Und wie ist er dazu gekommen? Was meinen Sie denn, Ellermann?«

»Ich habe da eine Idee.«

»Und die wollen Sie mir auch verraten?«

»Ja, durch Lotto, den Mops.«

»Wie bitte?«

Ellermann rutschte vom Hocker und ging ein paar Schritte in der Küche auf und ab wie ein Strafverteidiger, der das hohe Gericht von seiner gewagten Theorie überzeugen will.

»Bleiben Sie stehen, Ellermann. Sie machen mich ganz nervös.«

Er blieb stehen, Martha direkt gegenüber, ihr in die Augen schauend.

»Martha, halten Sie mich nicht für verrückt. Aber so könnte es gewesen sein. Gruhnau, völlig pleite, aber mit einer ausschweifenden Großmannssucht gesegnet, malt Tatjana Schallansky. Es ist ein Auftrag. Eines Tages bekommt er mit, dass in einem Safe dort wertvoller Schmuck und Juwelen liegen. Vielleicht hat Tatjana ihm das auch verraten. Vielleicht aus Versehen ausgeplaudert.«

Martha will ihn unterbrechen, aber Ellermann ist so im Fluss, dass er das nicht zulässt und sie mit einer für ihn ungewohnt klaren Geste zurückhält.

»Er gibt vor, auf Reisen zu gehen, um möglichst nicht in Verdacht zu geraten. Aber er quartiert sich heimlich in der Stadt in einer Pension ein. In einer so schäbigen Pension, dass ihn dort niemand suchen würde. Verstehen Sie, Martha! Die Pension diente nur dazu, sich aus dem Visier der Polizei zu nehmen, was den Diebstahl betrifft.«

»Dieser Gruhnau, ein Dieb?!«

»Genau! Seine Aussagen sind einfach zu widersprüchlich. Er bricht bei Schallansky ein und klaut die Juwelen und den Schmuck. Tatjana, von ihrer Krankheit geschwächt und deswegen auch unberechenbar, sieht ihn dabei. Sie erwischt ihn. Vielleicht stellt sie ihn auch zur Rede, und er, im Affekt, erschießt sie. Dann flüchtet er mit seiner Beute und vergräbt diese in seinem Garten. Auf seinem Anwesen.«

Marthas Miene zeigte Interesse, aber auch gewisse Skepsis. Ellermann fuhr fort.

»Lotto wiederum, der Josephine abgehauen war, war nach Hause gelaufen. Was macht er? Er gräbt das Beutelchen mit den Juwelen wieder aus und schleppt es weg. Martha, ich bin doch selber in eine dieser Gruben getreten. In der Nacht, in der Josephine und ich den Hund bei Gruhnau gesucht haben. Gruhnau hat es mir auch gesagt: Lotto buddelt, wo immer er kann. Er buddelt ein und aus.«

»Und der Mann aus dem Wald?«

»Lotto ist zu ihm, zu den anderen Hunden. Das Beutelchen mit den Juwelen apportierte er natürlich.«

»Und ein Hehler, um Juwelen zu Geld zu machen, ist nicht schwer zu finden.«

»Sie sagen es, Martha!«

Martha nickte nachdenklich.

»Und Josephine? Was ist ihre Rolle dabei?«

Ellermann wurde blass.

»Das weiß ich nicht. Ich glaube nicht, dass sie von dem Plan zu dem Einbruch etwas wusste. Später dann wohl schon.«

»Es würde doch keinen Sinn machen, dass sie bei einem Einbruch mitmacht. Sie hat doch selber Geld.«

»Woher wissen wir, dass sie Geld hat, dass sie wirklich reich ist?«

»Ich bitte Sie, Ellermann, bei ihrem Lebensstil.«

»Das muss nichts heißen. Bei Gruhnau kommt man auch nicht sofort drauf, dass er pleite ist.«

»Das stimmt.«

»Vielleicht ist es das, was die beiden verbindet. Sie sind hinter dem Geld her. Es geht nicht um Liebe oder Sympathie.«

»Das alles klingt so verrückt, dass es schon wieder stimmen könnte.«

»Das sage ich doch.«

Ellermann nickte und war froh, dass seine Haushälterin ihn nicht für völlig durchgeknallt hielt.

»Aber was wollen Sie jetzt machen?«

»Das weiß ich auch nicht.«

Martha überlegte einen Momemt.

»Ich denke, Sie sollten zur Polizei gehen.«

»Zu Müller?«

»Warum nicht?«

»Keinesfalls.«

»Sie können ja noch eine Nacht drüber schlafen und morgen entscheiden, Ellermann.«

Das wollte er, aber zuvor traf er abends noch mich, um mir seine Geschichte zu erzählen. All das, was ihm bis dahin passiert war.

Im Zug

Seit dem unterbrochenen Telefonat mit Ellermann habe ich vergeblich versucht, ihn zu erreichen. Es ist wirklich nicht zu akzeptieren, dass einem so was immer wieder beim Zugfahren passiert. Schlechte Verbindungen, unterbrochene Leitungen.

Eine innere Unruhe hat mich aus meinem Abteil getrieben. Ich kann und will einfach nicht mehr ruhig sitzen bleiben. Zudem lässt mich eine Frage nicht los. Wen hatte Ellermann gemeint, als er mich fragte, ob auch *sie* im Zug sei? Gestützt auf meinen Regenschirm, gehe ich langsam den Gang entlang – auch an dem Abteil der Mutter mit ihren Kindern vorbei. Dort wird gerade gegessen und die Kleinen mampfen vor sich hin – Schokolade, Schokoladenkekse, Schokoladengetränke –, die Polster tun mir jetzt schon leid. Die Mutter wirft mir durch die Scheibe einen Blick zu, in dem ich glaube Verzweiflung lesen zu können. Dann gehe ich weiter. Leider schlagen auch weiterhin alle meine Versuche fehl, mein Telefon in Einsatz zu bringen. Ich hatte gehofft, im Gang, dicht ans Fenster gelehnt, eine Telefonverbindung zu bekommen. Vergeblich. Missmutig stecke ich das Handy wieder in die Tasche meines Sakkos. Ich will zurück zu meinem Platz. Doch dann überlege ich es mir anders. Vielleicht tut mir etwas Bewegung ganz gut, ist es nicht schlecht, wenn ich mir etwas die Beine vertrete.

Nach ein paar Schritten den Gang hinunter sehe ich sie plötzlich: Josephine! Sie sitzt in einem Abteil alleine am Fenster und schaut hinaus. Sie hat mich ihrerseits nicht bemerkt. Das hatte also Ellermann am Telefon wohl gemeint. *Sie* ist im Zug, das war seine Vermutung. Ich überlege einen Moment, ob ich mich ihr zu erkennen geben sollte. Schließlich kennen wir uns, seit uns Ellermann einander an einem Abend im Restaurant vorgestellt hat. Da klingelt mein Handy. Hektisch holte ich es aus der Tasche. Das Display sagt mir, dass es Ellermann ist, der mich anruft.

»Herr Ellermann ...?«, sage ich leise in mein Telefon. Josephine blickt weiterhin aus dem Fenster, bemerkt mich nicht. Ich lausche Ellermann und höre, was seit unserem Treffen am Abend zuvor geschehen ist.

Ellermanns Geschichte

Neunzehn

Es war frühmorgens, als es an Ellermanns Haustür klingelte und er Besuch bekam. Die Polizei. Zwei Beamte in Uniform hatten den Auftrag von Kommissar Enrico Müller, Ellermann zu ihm aufs Kommissariat zu bringen. Das waren keine guten Aussichten für ihn. Der einzige Trost, den er spürte, war das Lächeln der Polizistin, die ihn abholte. Es war jene junge Frau, die ihn auch schon aus dem Streifenwagen heraus angelächelt hatte. Ellermann konnte sich nur zu gut daran erinnern.

Ellermann wurde durch das große Portal aus Holz ins Gebäudeinnere gebracht. Die beiden Uniformierten ließen ihn nicht aus den Augen. Kurz darauf verabschiedete sich die Polizistin mit dem zauberhaften Lächeln. Nun begleitete ihn nur noch der männliche Uniformierte – sehr zu seinem Leidwesen.

Ellermann kannte den Weg zu Müllers Büro vom letzten Mal noch sehr gut. Die dunklen Gänge, das trostlose hellgraue Linoleum auf dem Boden, die immer gleichen Türen links und rechts – Ellermann bedrückte diese Welt. Es kamen ihnen nur vereinzelt Menschen entgegen. Als sie um die Ecke auf den Gang bogen, in dem Müllers Büro ist, hörte man eine laute Männerstimme. Eine Stimme, die Ellermann bekannt vorkam, auch wenn er sie nicht sofort zuordnen konnte. Er blieb stehen, um sich zu konzentrieren. Auch der Polizist verharrte daraufhin für einen Moment. Unter die Stimme mischte sich eine andere Stimme, ebenfalls männlich. Noch waren sie aber zu weit entfernt, als dass Ellermann einzelne Wörter oder Inhalte hätte verstehen können. Die Stimmen wurden lauter, kamen näher. Und dann sah Ellermann ihn: Schallansky.

Schallansky kam in Begleitung von zwei Uniformierten um eine Ecke gebogen – direkt auf Ellermann zu. Er hatte einen hochroten Kopf und ruderte mit den Armen. Die beiden Polizisten neben ihm waren etwas jünger, verunsichert, und warfen sich hinter Schallanskys Rücken Blicke zu. Dieser war außer sich.

»Das hat noch Folgen. Verlassen Sie sich drauf. Mein Anwalt wird Ihnen schon zeigen, was es heißt, einen unschuldigen Bürger zu behelligen.«

Die drei kamen nun an Ellermann vorbei, allerdings war Schallansky viel zu sehr mit sich und seinem Ärger beschäftigt und sah ihn deswegen gar nicht. Ellermann wiederum hatte keine Lust, sich zu erkennen zu geben. War Schallansky verhaftet worden? Aber warum? Hatte er seine Frau umgebracht? Aus Eifersucht, weil es einen anderen Mann in ihrem Leben gab?

Der Polizist drängte Ellermann zum Weitergehen, als plötzlich Enrico Müller im Gang erschien. Ein strenger Blick traf Ellermann und verfehlte seine Wirkung nicht. Müller wandte sich an den Polizisten.

»Danke. Ich kümmere mich jetzt um ihn.«

Der Uniformierte verabschiedete sich. Kommissar Müller baute sich vor Ellermann auf.

»Vielleicht hatte ich mich nicht klar ausgedrückt. Aber ich wollte, dass du bei Gruhnau wartest.«

»Du hast dich klar ausgedrückt.«

»Und warum hast du dann nicht gewartet?«

»Es ist etwas dazwischengekommen.«

Ellermann wunderte sich selber über seine Chuzpe. Müllers Gesicht nahm eine gefährlich rote Farbe an. Er rang nach Luft. Ellermann nutzte den Augenblick.

»Aber ich habe einen Hinweis in der Mordsache Schallansky zu geben.«

»Ach, hast du?«

»Ja.«

»Und was soll das sein?«

»Ich glaube, dass der Einbrecher Tatjana Schallansky erschossen hat.«

Der Kommissar ließ sich zu einem leicht abfälligen Grinsen herab.

»Das ist ja mal eine tolle Erkenntnis. Weißt du denn auch, wer der Einbrecher war?«

Ellermann trat einen Schritt zurück und ärgerte sich über Müller. Er war gekommen, um seine Vermutungen mitzuteilen, aber offenbar war das Interesse des Kommissars daran eher gering. Ellermann zögerte. Sollte er vor diesem Hintergrund wirklich eine Aussage machen, in der er Gruhnau belastete?

»Nein, ich habe natürlich keine Idee, wer der Einbrecher war.«

»Das ist alles, was du mir sagen willst?«

»Im Augenblick schon. Aber warum hast du mich hierherbringen lassen?«

»Um dir zu sagen, wie sehr ich es missbillige, dass du einfach so abgehauen bist.«

»Das ist alles? Es ging dir also ums Prinzip? Darum, dass du hier der Chef bist?«

»Vielleicht.«

Müller grinste, und Ellermann wusste, dass er recht hatte.

»Von mir aus kannst du jetzt wieder gehen.«

Ellermann kochte innerlich, ließ sich das aber, wie er hoffte, nicht noch mehr anmerken. Müller klopfte ihm auf die Schulter.

»Jetzt reg dich ab, Django. Es haben sich gerade neue Erkenntnisse ergeben. Das ist alles.«

»Und es gibt einen konkreten Verdächtigen?«

»Den auch.«

Ellermann musste unwillkürlich an Schallansky denken, der eben an ihm vorbeigeführt worden war.

»War es etwa Schallansky selber? Hat er seine Frau umgebracht? Aber warum?«

»Dazu kann ich im Augenblick nichts sagen.«

Enrico Müller drehte sich weg und ging. Ellermann blickte ihm nach.

»Und was ist jetzt mit mir?«

Enrico Müller winkte ihm nur kurz zu.

»Wie gesagt. Ich brauche dich nicht mehr. Du kannst wieder gehen.«

Ellermann blieb einen Moment mitten im Gang stehen und dachte nach. Als er schließlich gehen wollte, sah er einen kleinen Mann, wuschelige Haare, Jeansjacke über einem T-Shirt, Nickelbrille. Der Mann war etwa fünfzig Jahre alt und machte sich im Gehen handschriftlich Notizen in einen Schreibblock. Ellermann erkannte ihn. Der Mann war vor etwa vier Wochen bei ihm gewesen und hatte ihn und Martha befragt. Ein bekannter Politiker aus Ellermanns Nachbarschaft, der allerdings seinen beruflichen Zenit schon lange überschritten hatte, war tot in seiner Badewanne aufgefunden worden. Man ging allgemein von Selbstmord aus, aber auch ein Mord wurde nicht gänzlich ausgeschlossen. Und so schwärmte damals neben der Polizei auch die versammelte Presse der Stadt aus, um Stimmen einzuholen. Die Nachbarschaft des Politikers war natürlich zuerst dran, und auch Martha und Ellermann konnten dem nicht entgehen. Selbst Martha war nicht stark genug, dem Reporter die Tür zu weisen. Er war erst wieder gegangen, als er begriffen hatte, dass in Ellermanns Haus nichts Interessantes zu holen war. Außer vielleicht einer Tasse guten Bohnenkaffees. Ellermann erinnerte sich nun an den Mann, nicht nur wegen seines leicht schrägen Äußerlichen, sondern vor allem wegen seines Namens. Er hatte sich als Ellington vorgestellt, wie der Jazzmusiker. Diesen Namen musste sich Ellermann einfach merken.

Ellermann überlegte einen Moment, dann sprach er Ellington an und fragte ihn, ob er vielleicht etwas wüsste im Zusammenhang mit dem Mordfall Schallansky.

Auch wenn der Reporter zuerst in Eile war, sich wortkarg gab und nichts sagen wollte, gelang es Ellermann schließlich, ihm etwas zu entlocken. Die Tatwaffe war gefunden worden. Und auf der Waffe die Fingerabdrücke von Schallansky. Zudem gehörte ihm die Waffe. Er war deswegen als Hauptverdächtiger von Kommissar Müller verhaftet worden.

Kurz darauf hastete Ellermann los. Ein Blick auf die große Uhr im Gang hatte ihm verraten, dass er in einer Viertelstunde am Hauptbahnhof sein musste. Der Mann hatte sich inzwischen wieder gemeldet und wollte sich mit ihm dort treffen. Ellermann musste sich beeilen, wollte er nicht zu spät sein. Er rannte die Stockwerke hinunter und gelangte durch das Portal nach draußen. Er rannte über den Parkplatz und hatte schon die Ausfahrt erreicht, als er etwas bemerkte, das ihn irritierte. Er drehte sich nicht um. Aus den Augenwinkeln hatte er genug gesehen. Es war ihm klar, wessen Wagen dort auf dem Parkplatz des Kommissariats stand. Es war der rote Sportwagen von Josephine. Das konnte kein Zufall sein. Josephine hatte herausbekommen, wo er war, und sie verfolgte ihn, da war er sicher. Bestimmt hatte sie mehr und mehr gespürt, dass er auf Distanz zu ihr gegangen war, und vielleicht meinte sie, dass er dem verschwundenen Mops auf der Spur war. Ohne sie. Und damit den verschwundenen Juwelen. Er spürte, dass sie ihm hinterherstarrte. Er musste sie loswerden, irgendwie abschütteln. Er eilte, ein paar Haken schlagend, zum Bahnhof. Dabei bemerkte er nicht, dass ich ihm folgte. Seine Aktion am Bahnsteig hatte nicht mir gegolten, er wollte nicht mich abschütteln, sondern Josephine!

Während ich danach im Zug saß, war Ellermann von dem Mann mit den roten Stiefeln nach einiger Zeit zu einem Hinterausgang des Bahnhofs gelotst worden. Ellermann erkannte ihn wieder. Es war der Motorradfahrer.

»Ich habe mir schon gedacht, dass Sie das sind. Warum schleichen Sie um mich herum, um mein Zuhause? Was soll das?«

»Nicht hier.«

»Wie heißen Sie überhaupt?«

»Mein Name ist Max Todov. Aber lassen Sie uns bitte woanders hingehen.«

Todov war Ellermann gar nicht mal unsympathisch. Auch wenn er sich so sehr über ihn geärgert hatte. Todovs Augen waren wach und klar, hatten zugleich einen Ausdruck von Traurigkeit. Sie glänzten. Die schwarzen Haare waren ungekämmt, aber nicht unordentlich. Der Mann trug eine dunkelbraune Lederjacke, darunter ein Hemd mit bunten Streifen. Er zeigte auf sein Motorrad, das vor dem Bahnhof abgestellt war.

»Steigen Sie auf!«

Ellermann warf nur einen flüchtigen Blick auf die Maschine, schüttelte dann energisch den Kopf. Er erinnerte sich, dass er ein einziges Mal in seinem Leben als Sozius auf so einem schweren Motorrad gesessen hatte. Er hatte mit seinem Großvater eines Sonntags einen kleinen Landausflug gemacht. Sein Großvater hatte von einem Freund das Motorrad ausgeliehen, hatte aber keinen Führerschein und auch gar keine Fahrpraxis. Doch das wusste Ellermann anfänglich nicht.

Zudem waren die beiden in einen veritablen Gewittersturm geraten. Nach diesem Erlebnis hatte sich Ellermann geschworen, nie wieder ein Motorad zu besteigen.

Auf der Suche nach einem Ort, an dem sie sich ungestört unterhalten konnten, kamen sie schließlich auf eine Dönerbude in einer Seitenstraße. Im hintersten Eck, kurz vor den Toiletten, fanden sie einen Tisch. Es war dunkel und die Luft stickig. Ellermann ekelte sich etwas bei diesem Ambiente. Und da ihm auch gar nicht nach Essen zumute war, bestellte er sich nur eine Tasse Kaffee. Der andere tat es ihm gleich.

Nach den ersten Schlucken kam Todov zum Thema. Er war, wie er sagte, die große Liebe von Tatjana. Die beiden waren über mehrere Jahre ein Paar gewesen – bis sie sich aus den Augen verloren hatten. Todov spürte damals plötzlich die Enge der gemeinsamen Heimat, er wollte raus. Einfach nur weg. Tatjana konnte oder wollte das nicht. Sie wollte nicht weggehen. Ihre Liebe endete im Streit, auch wenn sie nie aufhörte.

Todov gab Ellermann ein Kuvert, auf dem Tatjana Schallansky handschriftlich dessen Namen notiert hatte. Und er gab ihm auch – auf Ellermanns Drängen – den Stick, auf dem seine Improvisationen, seine Musik gespeichert war. Ellermann wollte das Kuvert öffnen, aber Todov bat ihn, damit noch zu warten. Er wisse nicht, was da drin sei. Aber er wolle es auch nicht wissen. Ellermann tat ihm den Gefallen und steckte das Kuvert weg.

Todov machte auf ihn einen zugleich angespannten wie auch gelösten Eindruck. Einerseits so fahrig, dass er seinen Kaffee umstieß, der sich auf der Tischplatte bis zu seinem Hemd ergoss. Einige Sekunden später wiederum fast apathisch. Ellermann ahnte schnell, dass hier vor ihm der Mann saß, der die wahre Lösung im Fall Tatjana Schallansky sein könnte. Aber er wusste, dass er Todov aus der Reserve locken musste. Dieser klopfte nervös mit den Fingern seiner rechten Hand auf den Tisch.

»Wissen Sie, warum ich Sie kennenlernen wollte, Herr Ellermann?«

»Ja.«

»Sie wissen es?«

»Natürlich.«

Ellermann war klar und deutlich. Max Todov konnte seine Überraschung nicht verbergen. Er holte ein großes Tuch aus einer der Taschen seiner Lederjacke und fuhr sich über das Gesicht. Ellermann rührte mit dem kleinen Löffel in der schon leeren Kaffeetasse. Nur etwas Milchschaum hatte sich unten abgesetzt.

»Ich ahne es zumindest.«

Todov starrte Ellermann erwartungsvoll an, aber dieser machte eine kurze Pause, bevor er weitersprach.

»Tatjana Schallansky hat die Musik geliebt.«

»Nicht die Musik, sondern Ihre Musik, Herr Ellermann.«

Er ließ Ellermann nicht aus den Augen, wollte jede Regung in seinem Gesicht mitbekommen, jedes Mienenspiel nachvollziehen. Ellermann wiederum versuchte, sich möglichst ungerührt zu geben. Zum Pokerspieler taugt er allerdings nicht unbedingt.

»Wissen Sie, dass man Herrn Schallansky verhaftet hat? Wegen Mordes an Tatjana Schallansky.«

Max Todov versuchte erst gar nicht, einen überraschten Eindruck zu machen, was Ellermann natürlich nicht entging.

»Er soll im Gefängnis schmoren.«

Todov starrte zuerst Ellermann an, dann auf die speckige Fläche des Tisches und schließlich auf die Kaffeeflecken auf seinem Hemd. Er stand auf und entschuldigte sich. Ellermann blickte ihm nach und wartete. Todov blieb länger weg, Ellermann nahm sein Telefon und rief mich im Zug an, um mir zu erzählen, was inzwischen passiert war.

Erst einige Zeit später erschien Todov wieder. Ellermann musterte ihn. Es war ihm klar geworden, er würde ihn zur Wahrheit drängen müssen. Abrupt stand er vom Tisch auf.

»Lassen Sie uns fahren!«

»Wie?«

»Ich möchte, dass wir mit Ihrem Motorrad zu einem bestimmten Ort fahren.«

»Und wohin?«

»Das sage ich Ihnen noch.«

»Ich dachte, Sie wollen nicht auf so ein Motorrad steigen.«

Ellermann wurde übel bei dem Gedanken, aber er hielt sich wacker und wie ein trotziges kleines Kind sagte er:

»Jetzt schon.«

Die Fahrt auf dem Motorrad war für Ellermann eine noch viel größere Herausforderung, als er befürchtet hatte. Er spielte sogar mit dem Gedanken, sich einfach zur Seite fallen zu lassen, nur damit der Lärm, der Wind und der Geruch der Abgase ein Ende hätten. Doch natürlich ließ er sich nicht fallen, sondern krallte sich noch stärker an dem Sitz fest. Bis sie schließlich ihr Ziel erreicht hatten: das Haus von Schallansky. Ellermann hatte das untrügliche Gefühl, dass es ihm hier, in diesem Haus, in der Welt, in der Tatjana Schallansky gelebt hatte, gelingen konnte, die Wahrheit ans Licht zu bringen.

Max Todov zögerte, nachdem er den Motor ausgemacht hatte. Ellermann bemerkte das.

»Kommen Sie, es kann nichts passieren. Schallansky ist in Haft.«

»Was wollen wir überhaupt hier?«

»Das erkläre ich Ihnen, wenn wir drinnen sind.«

Ellermann stieg erleichtert von der Maschine und ging voraus zum Eingang. Er wusste, dass Todov ihm folgen würde. Und das tat er auch. Ellermann klingelte, worauf kurze Zeit später die Tür geöffnet wurde und Bürger erschien. Er schien nur für eine Sekunde überrascht zu sein.

»Herr Ellermann …?«

»Guten Tag, Herr Bürger. Ich weiß, dass Herr

Schallansky nicht zu Hause ist. Dennoch … könnten wir einen Moment hereinkommen?«

Herr Bürger war unschlüssig, aber von Ellermanns Auftreten beeindruckt.

»Sie wissen, Herr Bürger, dass Sie mir vertrauen können. Glauben Sie mir, es ist auch im Sinne von Herrn Schallansky.«

Während Ellermann und Bürger sich unterhielten, stand Max Todov etwas abseits – blass und verschwitzt. Schließlich ließ Bürger die beiden ein. Sie gingen direkt in Tatjanas Zimmer, in ihr eigenes kleines Reich in der Villa. Ellermann bat Herrn Bürger, sie alleine zu lassen. Mit einem stummen Kopfnicken entfernte sich dieser.

Max Todov war unruhig, ging auf und ab, während Ellermann sich auf den Hocker des Flügels setzte. Mit der rechten Hand schlug er kräftig eine Taste an. Ein Ton erklang, nicht mehr. Ellermann hatte das Pedal gedrückt und ließ den Ton, es war ein sehr tiefer Ton, durch den gesamten Raum wandern. Dann griff er in seine Jackentasche und holte das Kuvert hervor, das ihm Max Todov gegeben hatte. Er öffnete es, auch wenn Todov ihn davon abhalten wollte.

»Warum machen Sie das?«

»Weil ich jetzt wissen will, was da drinsteht.«

Er holte ein handbeschriebenes Blatt Papier aus dem Kuvert und überflog es.

»Ich will Ihnen nicht genau sagen, was da geschrieben steht, Herr Todov. Nur so viel: Wusste Tatjana Schallansky, dass sie sterben wird?«

Max Todov zögerte, darauf eine Antwort zu geben, sodass Ellermann nachhakte.

»Stimmt es, dass Tatjana schon mal versucht hatte, sich das Leben zu nehmen? Aber sie konnte es nicht.«

»Sie hat das Leben gehasst, sie wollte es nicht mehr ertragen, nicht mehr diese Schmerzen.«

Ellermann schlug eine weitere Taste, eine andere, an, wieder nur einen Ton. Der Raum füllte sich mit dem neuen Klang, dieses Mal noch tiefer, bedrohlicher.

»Und deswegen haben Sie sie erschossen.«

»Wie bitte?«

»So war es doch. Sie haben sie erschossen.«

Ellermann fixierte Max Todov. Dieser gab sich keine Mühe, die Tat weiter abzustreiten. Ellermann hatte sogar das Gefühl, dass Todov froh war, dass es nun ausgesprochen war.

»Sie wollte erlöst werden.«

»Von Ihnen? Hat sie das gesagt?«

»Wir mussten nicht viel reden.«

»Aber Sie haben sie erschossen.«

Ellermann nahm den Fuß vom Pedal, der Ton hörte mit einem Schlag auf. Er stand auf und ging einen Schritt auf Todov zu.

»Ich habe hier nicht zu urteilen. Vielleicht stimmt es, dass Sie ihr einen Gefallen getan haben. Sie erlöst haben. Ich weiß es nicht. Ich will es auch nicht wissen.«

Die beiden Männer standen sich für einen Moment schweigend gegenüber.

»Aber Sie machen Schallansky zum Mörder. Oder? Sie haben Tatjana mit dessen Waffe erschossen und genau diese Waffe jetzt auftauchen lassen.«

Todov zögerte mit seiner Antwort. Von draußen hörten sie plötzlich laute Stimmen, ein kurzes Schreien. Dann wurde die Tür aufgerissen, und ein Mann erschien. Es war Schallansky. Er war außer Atem. Seine Augen flackerten. Er füllte den Türrahmen aus.

Im Zug

Ich habe mich nicht zu Josephine in das Abteil gesetzt. Ich weiß auch nicht, ob sie mich wirklich wiedererkannt hätte. Ich wollte sie nicht ansprechen. Ich bin auf dem Gang des Zuges stehen geblieben. Manchmal habe ich einen Blick zu ihr geworfen, sie beobachtet.

Kurz vor der ersten Station nach der Abfahrt klingelte mein Handy. Wieder sah ich Ellermanns Nummer im Display. Ich ging ran und meldete mich, doch er sagte nichts. Er antwortete mir nicht. Stattdessen hörte ich ihn, aber auch andere Stimmen hallten irgendwo durch einen Raum. Es brauchte nicht lange, bis ich begriffen hatte, dass Ellermann in Gefahr war. In Lebensgefahr. Mir wurde auch klar, dass ich zuvor völlig vergessen hatte, Ellermann von der Waffe des Mannes zu erzählen. Zu sehr war ich von seinen Schilderungen am Telefon gefesselt gewesen.

Mit dem, was ich nun aus dem Telefon hörte, wusste ich genug, um die Polizei zu informieren. Genauer gesagt Kommissar Enrico Müller.

Ellermanns Geschichte

Zwanzig

Schallanskys Anwalt hatte es tatsächlich geschafft, seinen Mandanten innerhalb kürzester Zeit aus der Polizeigewalt herauszuholen. Schallansky wurde wieder auf freien Fuß gesetzt. Damit hatten weder Ellermann noch Todov gerechnet.

Schallansky ging langsam und voller Zorn auf die beiden zu. Er glühte, strahlte Entschlossenheit aus, die so deutlich zu spüren war, dass Todov und Ellermann zusammenzuckten. Ellermann spürte – wie manchmal in Situationen, die ihm über den Kopf zu wachsen drohen – eine leichte Übelkeit in sich aufsteigen. Er war aufgestanden, musste sich aber an einer Stuhllehne festhalten. Der Stuhl zitterte. Ellermann war vor allem deswegen so beunruhigt, weil er sah, mit welchem Hass Schallansky Max Todov fixierte. Und es war immerhin seine, Ellermanns, Idee gewesen, hierherzufahren. Nicht ahnend, dass der Hausherr nach Hause kommen könnte. Wenn jetzt alles eskalierte, war es seine Schuld. Schallansky verströmte Bedrohung. Was diesen Mann in Ellermanns Augen so gefährlich machte, war nicht, dass er in irgendeiner Weise bewaffnet gewesen wäre, sondern allein seine Entschlossenheit.

Ellermann wagte es, einen Schritt vorzutreten und sich Schallansky in den Weg zu stellen, der direkt auf Todov zusteuerte.

»Herr Schallansky, es ist nicht so, wie Sie denken.«

Das klang sehr billig nach einem schon tausend Mal gehörten Satz, aber Ellermann fiel in diesem Moment einfach nichts anderes ein. Schallansky reagierte gar nicht weiter auf ihn und wandte sich an Todov.

»Sie sind das, oder? Sie wollen mir einen Mord anhängen.«

Todov blieb ruhig und wich Schallanskys Blick nicht aus.

»Ich habe dafür gesorgt, dass Sie in den Knast kommen. Sie haben Tatjana nie so behandelt, wie sie es verdient hatte.«

Schallansky blieb nun mitten im Raum stehen, sah zu Ellermann, dann zu Todov.

»Bin ich im Gefängnis? Nein!«

»Aber sicherlich bald wieder!«

Ellermann versuchte krampfhaft, einen klaren Gedanken zu fassen. Er musste etwas unternehmen. Er musste Hilfe holen. Fast beiläufig drehte er sich zu Schallansky.

»Wie auch immer. Ich gehe besser!«

»Nein.«

»Wie bitte?«

»Sie haben mich schon richtig verstanden, Herr Ellermann. Sie bleiben hier!«

Ellermann wuchs über sich hinaus. Er atmete kräftig durch und versuchte nur durch die Kraft seiner Gedanken zu neuer Stärke zu kommen.

»Und wie wollen Sie mich aufhalten?«

»Damit ...«

Plötzlich hatte Schallansky eine Waffe in der Hand. Er zog sie aus seiner Hosentasche. Ellermann und auch Todov traten unwillkürlich einen Schritt zurück. Schallansky lachte.

»Da hätten die Bullen schon besser suchen müssen. Eine Waffe wurde mir gestohlen. Und zwar von Ihnen ...«

Er fuchtelte mit der Waffe in Todovs Richtung, während Ellermann voller Angst seine Hände in die Taschen seiner Jacke steckte. Er vergrub sie geradezu darin.

»... und die zweite hat die Spurensicherung übersehen. Aber warum sollte sie sich auch überhaupt dafür interessieren? Mit dieser Waffe hier wurde kein Mord begangen. Noch nicht.«

Ellermann schluckte, denn er spürte, dass Schallansky immer unberechenbarer wurde.

»Herr Schallansky ...«

»Herr Ellermann, seien Sie ruhig. Sie machen alles nur noch schlimmer.«

»Aber was wollen Sie denn?«

»Das überlege ich mir in aller Ruhe. Aber auf keinen Fall lasse ich mir einen Mord anhängen.«

»Dann rufen wir die Polizei.«

Ellermann gab nicht auf, aber Schallansky lachte auf diesen Vorschlag hin nur höhnisch.

»Oh nein. Das klären wir unter uns.«

Ellermann überlegte, was er noch tun könnte. War denn Herr Bürger nicht im Haus? Wenn er etwas mitbekäme, würde er doch sicherlich Hilfe holen. Aber vielleicht war er gar nicht da? Ellermann blickte sich verzweifelt um. Und so fiel sein Blick schließlich durch das Fenster nach draußen. Wenn er sich nicht irrte, stand da ein Wagen, nicht weit entfernt. Darin saßen zwei Männer. Könnte er diese auf sich und das Geschehen hier drinnen aufmerksam machen? Aber wie? Seine Hände verkrampften sich noch mehr in den Taschen. Das war der Moment, in dem er merkte, dass in einer der Taschen sein Handy war. Ich war der letzte Mensch, den Ellermann zuvor angerufen hatte. Wenn es ihm also gelänge, »blind« die Wahlwiederholung zu drücken, könnte er mich vielleicht dazu bringen, mitzuhören, was hier passiert. Er fummelte also mit der einen Hand an dem in der Seitentasche der Jacke versteckten Handy herum – so unauffällig wie möglich. Schallansky schaute schon misstrauisch zu ihm hinüber, als Todov ihn ansprach.

»Wenn Sie wollen, Schallansky, dann erschießen Sie mich doch. Dann sind Sie gleich wegen Doppelmordes dran.«

So viel Klarheit verunsicherte Schallansky. Er wankte ein bisschen. In diesem Moment gelang es Ellermann, die richtigen Tasten zu drücken und mich anzurufen.

Ich verstand schnell, dass Schallansky Ellermann und Todov bedrohte, und ließ mich mit Kommissar Müller verbinden. Wie sich später herausstellte, war Schallansky durch sein Zutun entlassen worden. Enrico Müller ahnte, dass der Unternehmer nicht der richtige Täter war, und hoffte, dass er ihn zu diesem führen würde. Die beiden Männer, die Ellermann im Wagen vor Schallanskys Haus gesehen hatte, waren Leute des Kommissars. Sie waren Schallansky gefolgt, hatten aber keine Ahnung, dass Ellermann und Todov bereits im Haus waren. Erst durch die Information, die ich der Polizei telefonisch geben konnte, wurden dem Kommissar und seinen Leuten die dramatische Lage bewusst. Es war Ellermanns verdeckter Anruf bei mir, der letztlich half, die Situation zu klären.

Die Polizisten stürmten mit großer Truppe das Haus. Gerade in dem Augenblick, in dem Todov seine Waffe ziehen wollte, um Schallansky zu überraschen und zu erschießen. Doch er wurde überwältigt. Niemand kam bei dem Polizeieinsatz zu Schaden. Schallansky wie Todov wurden entwaffnet und beide verhaftet. Der Kommissar selbst erlitt bei dem Einsatz einen Bandscheibenvorfall. Aber das sei nur am Rande erwähnt.

Im Café – einen Tag später

Ellermann und ich, wir haben uns am Vormittag in unserem Café getroffen. Natürlich haben wir fast nur über den Fall Tatjana Schallansky gesprochen. In der Nacht, in der Gruhnau, wie er inzwischen gestanden hat, bei Schallansky eingebrochen war, um Schmuck und Juwelen zu stehlen, wurde Tatjana von Max Todov erschossen. Mit Schallanskys Pistole. Ursprünglich hatte Todov sich eine eigene Waffe besorgt, doch später änderte er seinen Plan. Er stahl dem Unternehmer dessen Pistole, um ihm einen Mord unterschieben zu können.

Also hatten beide Taten, der Einbruch Gruhnaus und der Mord, nichts miteinander zu tun. Ein verrückter Zufall.

Der Kommissar Enrico Müller hat – wenn er aus dem Krankenhaus wieder entlassen ist – noch einiges zu tun. Und natürlich müssen im Anschluss auch die Staatsanwaltschaft und die Gerichte das Geschehen aufarbeiten. Gruhnau wird sich wegen des Einbruchs verantworten müssen und für einige Zeit ins Gefängnis wandern. Der Mops muss sich ein neues Herrchen suchen, aber so wie es aussieht, hat er schon eines. Sie wissen schon! Und Schallansky wird sicherlich wegen seiner Aktion mit der Waffe auch strafrechtlich belangt werden. Welches Verfahren Max Todov zu erwarten hat, darüber haben Ellermann und ich länger nachgedacht. Aber wir sind keine Juristen. Wir wissen es nicht. War es Mord? Oder Totschlag? In dem Zusammenhang mag auch der Brief von Tatjana Schallansky an Ellermann noch eine Rolle spielen. Darin bedankt sie sich bei ihm für die wunderbaren Stunden, die er ihr bereitet hatte. Ein Brief wie ein Abschiedsbrief. Sie hatte mit ihrem Tod gerechnet. Wollte sie sich umbringen? Einen Selbstmordversuch hatte sie schon hinter sich. Oder ahnte sie, was Max Todov vorhatte? Wir wissen es nicht. Und was die Strafe für Todov betrifft, da werden – wie gesagt – die Richter entscheiden müssen. Gruhnau wird wegen Einbruchs und Diebstahls wohl mehrere Jahre aufgebrummt bekommen.

Ellermann war während unseres Treffens im Café zwar erleichtert und gelöst, immerhin war der Fall Tatjana Schallansky aufgeklärt. Doch er wirkte auf mich auch seltsam hibbelig. Ich wollte nicht in ihn dringen und ihn aushorchen. Aber es war mir klar, dass ihn etwas beschäftigte. Vielleicht hängt es mit Josephine zusammen, dachte ich mir. Auf sie ansprechen wollte ihn ich nicht. Ich habe sie, seit ihrem Auftauchen im Zug, nicht wiedergesehen. Ich kann mir nicht vorstellen, dass es eine Zukunft für sie und Ellermann gibt. Auch wenn sie sich strafrechtlich wohl nichts zuschulden hat kommen lassen. Der Zauber, der von ihr ausgeht, ist für Ellermann nach allem, was geschehen ist, wohl endgültig verflogen.

Nachdem Ellermann vor zehn Minuten gegangen ist, habe ich mir noch einen Averna auf Eis ohne Zitrone bestellt. Mein Magen kann ihn gebrauchen. Und während ich ihn ganz langsam trinke, öffnet sich die Tür. Ein gut gekleideter Mann kommt herein. Bei ihm ein Mops. Ich schaue zu dem Mann, versuche aber, mich unauffällig zu verhalten, will ihm nicht auffallen. Der Mann setzt sich an einen freien Tisch und legt seinen Hut, eine Melone, auf den Stuhl daneben. Der Mops hechelt. Vor dem Fenster des Cafés sehe ich nun ein paar andere Hunde. Darunter auch einen langmähnigen Schäferhund. Die Hunde sind da draußen nicht unvergnügt, aber mit hereinkommen durfte nur der Mops. Ich muss Gruhnau recht geben. Lotto scheint ein ganz besonderer Hund zu sein, nicht nur, weil er seinem neuen Herrchen Reichtum beschert hat. Natürlich ist der Mann zu Unrecht in den Besitz der Juwelen gelangt. Aber solange ihm der Kommissar nicht auf die Spur kommt, kann er auch nicht belangt werden. Ellermann und ich werden uns da nicht einmischen.

Ich bin's … Ellermann

Natürlich ist mir klar, dass mein ehemaliger Therapeut gerne gewusst hätte, was ich vorhabe und warum ich unser Treffen im Café etwas vorschnell verlassen habe. Aber ich wollte es ihm nicht sagen. Irgendwie ist es auch … kindisch. Doch ich habe Lust darauf. Ich stehe unweit einer Polizeistation und schaue zu meinem Wagen, der im Halteverbot geparkt ist. Nein, ich bin nicht durchgedreht, und ja, ich habe noch alle Tassen im Schrank. Ich habe mein Auto ganz bewusst in das Halteverbot gestellt. Ich will einen Strafzettel bekommen. Warum? Das erkläre ich Ihnen gleich.

Zunächst will ich noch etwas zu Josephine sagen. Ja, wir haben uns gestern noch getroffen. Mir ist klar, dass sie anfänglich nicht in Gruhnaus Plan, seinen Einbruchsplan, eingeweiht war. Aber uns beiden ist auch endgültig klar geworden, dass wir nicht füreinander geschaffen sind. Man soll mich nicht falsch verstehen. Es hat keinen Sinn, keine Zukunft. Das sieht Josephine auch so, zumal sie die Stadt verlassen wird. Sie hat einen Job auf einem Kreuzfahrtschiff angenommen, um Geld zu verdienen. Denn sie braucht Geld, da sie tatsächlich fast pleite ist. Es ist so, wie Martha und ich vermutet haben. Josephine liebt das pralle Leben, auch wenn sie es sich gar nicht leisten kann. Eine Lebenseinstellung, die sie mit Gruhnau verbindet. Für einen entsprechenden Anteil wollte sie ihm helfen, die Diamanten wiederzubeschaffen. Aber ich glaube auch, dass die beiden eine aufrichtige Freundschaft verbindet. Wir haben uns ein letztes Mal geküsst – nur auf die Wange –, und dann sind wir getrennte Wege gegangen. Natürlich habe ich mich noch mal nach ihr umgedreht, auch wenn ich mir vorgenommen hatte, genau das nicht zu tun. Aber ich konnte nicht anders, ich musste sie noch mal sehen. Sie hat es im Übrigen nicht getan. Sie hat sich nicht noch mal nach mir umgedreht.

Ein Polizeiwagen fährt vom Revier weg nun langsam die Straße hinunter. Ich schaue gebannt, ob die Polizisten halten. Ob sie meinen falsch geparkten Wagen entdecken. Es war nicht so einfach für mich, aber ich habe herausgefunden, wo die Polizistin mit dem schönen Lächeln ihren Dienst tut. Ich bin so. Manchmal genügt ein Lächeln, und ich kann mich verlieben. Ich will diese Frau in Uniform kennenlernen. Mein Herzschlag beschleunigt sich. Ich starre zu dem Streifenwagen. Und wirklich – sie ist es. Sie steigt aus, den Block schon gezückt in der Hand. Gleich werde ich meinen Auftritt haben, zu ihr eilen und sie um Nachsicht bitten. Ich muss ins Gespräch mit ihr kommen. Sie einfach so anzusprechen würde ich nie wagen.

Gerade als ich loseilen will, klingelt mein Handy. Ein kurzer Blick auf das Display. Martha! Ich überlege nur für einen winzigen Moment. Aber nein – jetzt muss Martha warten. Ich werde sie nachher gleich zurückrufen. Ich stecke mein Handy zurück in die Tasche meines Mantels und eile winkend zu der Polizistin. Ich rufe. Sie schaut in meine Richtung, schaut zu mir. Sie lächelt.